课本故事会

经典名人故事

于勤 编著

南京出版传媒集团
南京出版社

图书在版编目(CIP)数据

经典名人故事 / 于勤编著. -- 南京 :南京出版社,
2016.1

(课本故事会)

ISBN 978-7-5533-1228-6

Ⅰ. ①经… Ⅱ. ①于… Ⅲ. ①故事—作品集—世界
Ⅳ. ①I14

中国版本图书馆 CIP 数据核字(2016)第 017718 号

书　　名: 经典名人故事
编 著 者: 于　勤
出版发行: 南京出版传媒集团
南 京 出 版 社

社址:南京市太平门街 53 号　　邮编:210016
网址:http://www.njcbs.cn　　电子信箱:njcbs1988@163.com
淘宝网店:http://njpress.taobao.com　　天猫网店:http://njcbcmjtts.tmall.com
联系电话:025—83283871、83283864(营销)　025-83112257(编务)

出 版 人: 朱同芳
出 品 人: 卢海鸣
责任编辑: 孙前超
装帧设计: 张　淼
责任印制: 杨福彬

排　　版: 南京新洲印刷有限公司
印　　刷: 南京工大印务有限公司
开　　本: 787 毫米×1092 毫米 1/16
印　　张: 10
字　　数: 130 千字
版　　次: 2016 年 1 月第 1 版
印　　次: 2016 年 1 月第 1 次印刷
书　　号: ISBN 978 - 7 - 5533 - 1228 - 6
定　　价: 25.00 元

淘宝网店　　天猫网店

亲爱的小朋友：

我们的语文书就像一个异彩纷呈的大花园，里面种植着无数的奇花异草，徜徉其中，总是花香扑鼻，彩蝶环绕。翻开语文书，一篇篇有趣的课文映入你的眼帘，一个个出色的人物站在你的面前，一幅幅精彩的图画令你眼花缭乱，那么，你有没有发现藏在语文书里的故事呢？梅兰芳蓄须、哥伦布竖蛋、聂荣臻背书保鱼竿、钱钟书擎镜验典……这些名人不为人知的有趣故事，你都读过吗？枫叶为什么会变红？海参有什么绝招？迪斯尼乐园是怎么来的？诺贝尔奖和烂西瓜有什么关系？这些和语文书息息相关的科学故事，你都知道吗？关羽刮骨疗毒、刘邦约法三章、木兰替父从军、诸葛亮草船借箭……这些为人们津津乐道的历史故事，你都听过吗？知了学飞、蜘蛛结网、螳螂捕蝉、陶罐和铁罐……这些生活中常见的现象，又给了你哪些启示呢？……这一切的一切，在《课本故事会》这套丛书中，你都能找到答案。

还等什么呢？奔跑吧！孩子！我在书中等你。

编者

2015．12

阅读，
从这里开始……

目录

contents

悦读经典

聆听经典

回味经典

记忆经典

悦读经典

小学六年级语文课本（上册）有一篇课文《把我的心脏带回祖国》，讲述了波兰音乐家肖邦至死不忘祖国的故事。肖邦一生不离钢琴，因作品富有宽广如歌、感人至深的浪漫气息，被称为“浪漫主义的钢琴诗人”。他创作了很多具有爱国主义思想的钢琴作品，以此抒发自己的思乡情，亡国恨。舒曼称他的音乐“是藏在花丛中的一尊大炮”，向全世界宣告：“波兰不会亡。”可惜，这样一位才华横溢的音乐巨匠却英年早逝，仅仅 39 岁就离开了人世，实在是令人扼腕叹息。下面我们就一起来看看这位音乐神童肖邦的成长之路吧！

神童肖邦

肖邦 1819 年出生于波兰，父亲是一位家庭教师，母亲特别喜欢唱歌，在肖邦还没有出生的时候，母亲便一首一首地唱歌给肚子里的孩子听，她希望宝宝能听懂她的歌声。等到小肖邦出世以后，母亲仍经常给他唱波兰民歌，虽然那时的肖邦还只是一个喜欢哭哭闹闹的婴儿，但是每当听到母亲的歌声时，便会变得非常安静。

一个宁静的夜晚，在波兰的一个城市里，肖邦家客厅里的灯光特别明亮，好多孩子都穿着漂亮的衣服，在钢琴的伴奏下，围成一个圆圈跳舞。只有一个3岁的男孩没有跳舞，他圆睁着明亮的眼睛看着妈妈弹钢琴时手指的动作，这个小男孩的名字叫肖邦。他那么出神地看着，好像入了迷一样。晚会结束后，妈妈送走了参加晚会的孩子。准备睡觉的时候，楼下突然传来了一阵清脆的琴声，妈妈觉得很奇怪，这么晚了，谁还在弹钢琴呢？

“莫非是肖邦在弹琴？”肖邦的父亲非常惊讶地问。

“是的，是那首民歌！”

他们急忙奔向了琴房，果然，肖邦正在凳子上用小手指头找琴键呢！他弹得非常专心，就连父亲和母亲进来都没有听见，直到父母在一旁听见肖邦把曲子弹完。

“孩子你真聪明！”父亲一把抱住了肖邦。

父亲在看到肖邦的音乐才华以后，毫不迟疑地给他请了一位钢琴老师来教他弹钢琴。

自从有了老师，小肖邦学钢琴更认真了。他整天坐在钢琴前面不停地弹呀弹呀。可是，肖邦的岁数小，手也小，这怎么办呢？小肖邦就在自己的手指缝里夹上木塞子，好使指头间的距离大一点。这是很疼的，有时小肖邦晚上睡觉的时候疼得直哭，但他还是坚持了下去。老师不仅对肖邦进行了严格正规的钢琴教学，还时常给他讲述莫扎特、贝多芬等大音乐家的成才故事。渐渐地，年幼的肖邦开始立志成为一名音乐家。时间一年一年过去了，小肖邦勤学苦练，进步快极了。6岁的时候，肖邦钢琴已经弹得很不错了。7岁，肖邦学会了作曲。8岁的时候，小肖邦第一次登上剧院的大舞台演奏钢琴，成千上万的听众都被从小肖邦指尖流淌出来的优美的琴声迷住了，剧场中不时地响起热烈的掌声。第二天，波兰首都华沙到处都传颂着肖邦的名字，大家都称赞肖邦是神童，这是小肖邦自己辛勤学习获得的成绩呀！

有一年的夏天，肖邦的父母带着他去乡下度假，在那里，他第一次听到了那么多好听的波兰民歌，便立刻对民歌着了迷。此后，他经常去乡间收集民歌，甚至到农田干活听农民们唱歌，然后把这些歌曲记录下来。祖国的文化和民族的音乐像种子一样，在肖邦的心田开始生根发芽。

19 岁那年，肖邦以优异的成绩从音乐学院毕业，第二年，他来到法国去寻找艺术前程，从此，一位音乐巨匠开始了他辉煌的音乐创作生涯。

思考题

你知道小行星 3784 吗?

答　案

小行星 3784 是位于小行星带主带中的一颗直径约为 28.53km 的小行星。该小行星于 1986 年被 Eric W. Elst 发现，并以 19 世纪波兰的著名作曲家、钢琴家弗雷德里克·肖邦的名字命名。

小学六年级语文课本（上册）有一篇课文叫《轮椅上的霍金》。霍金是谁？他是一个大脑，一个神话，一个当代最杰出的理论物理学家，一个科学名义下的巨人；他更是一个坐着轮椅，挑战命运的勇士。霍金被誉为继爱因斯坦之后最杰出的理论物理学家之一，被称为“宇宙之王”。让我们一起去看看这位传奇人物顽强的一生吧！

顽强的霍金

史蒂芬·霍金，出生于1942年1月8日，这个时候他的家乡伦敦正笼罩在希特勒的狂轰滥炸中。

霍金和他的妹妹在伦敦附近的几个小镇度过了自己的童年。那时候，霍金一家在古板保守的小镇上就显得与众不同。霍金的父母都受过正规的大学教育。他的父亲是一位从事热带病研究的医学家，母亲则从事过许多职业。小镇的居民经常会惊异地看到霍金一家人驾驶着一辆破旧的二手车穿过街道奔向郊外，这辆古怪的车子拓展了霍金一家自由活动的天地。

霍金热衷于搞清楚一切事情的来龙去脉，因此当他看到一件新奇的东西时总喜欢把它拆开，把每个零件的结构都弄个明白——不过他往往很难再把它装回原样，因为他的手脚远不如头脑那样灵活，甚至写出来的字在班上也是有名的潦草。

霍金在 17 岁时进入牛津大学学习物理。到牛津的第三年，霍金注意到自己变得更笨拙了，有一两回没有任何原因地跌倒。一次，他不知何故从楼梯上突然跌下来，当即昏迷，差一点死去。可是直到 1962 年霍金在剑桥读研究生后，他的母亲才注意到儿子的异常状况。刚过完 21 岁生日的霍金在医院里住了两个星期，经过各种各样的检查，他被确诊患上了“卢伽雷氏症”，即运动神经细胞萎缩症。大夫对他说，他的身体会越来越不听使唤，只有心脏、肺和大脑还能运转，到最后，心和肺也会失效。霍金被“宣判”只剩两年的生命。那是在 1963 年。

起初，这种病恶化得相当迅速。1970 年，在学术上声誉日隆的霍金已无法自己走动，他开始使用轮椅。直到今天，他再也没离开它。

永远坐进轮椅的霍金，极其顽强地工作和生活着。1991 年 3 月，霍金在一次坐轮椅回柏林公寓过马路时被小汽车撞倒，左臂骨折，头被划破，缝了 13 针，但 48 小时后，他又回到办公室投入工作。

又有一次，他和友人去乡间别墅，上坡时拐弯过急，轮椅向后倾倒，不料这位引力大师却被地球引力翻倒在灌木丛中。

虽然身体的残疾日益严重，霍金却始终力图像普通人一样生活，完成自己所能做的任何事情。他甚至是活泼好动的——这听来有点好笑，在他已经完全无法移动之后，他仍然坚持用唯一可以活动的手指驱动着轮椅在前往办公室的路上“横冲直撞”；在莫斯科的饭店中，他建议大家来跳舞，他在大厅里转动轮椅的身影真是一大奇景；当他与查尔斯王子会晤时，旋转自己的轮椅来炫耀，结果轧到了查尔斯王子的脚趾头。

当然，霍金也尝到过“自由”行动的恶果，这位量子引力的大师级人物，多次在微弱的地球引力左右下，跌下轮椅，幸运的是，每一次他都顽强地重新“站”了起来。

1985年，霍金动了一次穿气管手术，从此完全失去了说话的能力。他就是在这样的情况下，极其艰难地写出了著名的《时间简史》，探索着宇宙的起源。

思考题

你读过霍金的《时间简史》吗？

小学四年级语文课本（上册）有一篇课文叫《维生素C的故事》，故事的主人公就是意大利著名航海家哥伦布。1942年，哥伦布驾船沿地球转了一圈后回到原出发地，不仅用事实证明了地球是圆的，而且还发现了美洲新大陆，这一事迹成为历史上的壮举，对后世的影响极其深远。读读下面的故事，你一定会对哥伦布有更深的了解。

哥伦布竖蛋

1492年，哥伦布发现了新大陆。从海上回来，他成了西班牙人民心目中的英雄。但在当时，忌妒他的也大有人在。他们千方百计抹杀哥伦布的伟大创举。

一次，在西班牙的一个宴会上，一些达官贵人又在攻击哥伦布，他们以挑衅的口气说：“哥伦布先生，你发现了新大陆，似乎觉得自己很了不起，不过在我们看来，这是一件很平常的事，因为任何一个人绕着地球转，都会发现这个事实的，即使是傻子，也不会视而不见这么一大块土地的。”说罢，这些人不怀好意地哄笑起来。

哥伦布听了，不慌不忙地反问了一句：“诸位以为那是一件平常的事吗?”

"不错，当然是一件最简单不过的事了。"

"那好吧！"哥伦布接过话头，他指着餐桌上盘子里的一只鸡蛋说："现在我们不妨做一个试验，先生们，你们当中谁能把这个鸡蛋竖立起来？"

鸡蛋从这个人手上传到那个人手上，大家都把鸡蛋扶直了，可是一放手，鸡蛋立刻又倒了，没有一个人能把鸡蛋竖立在桌上。最后，鸡蛋又重新回到了哥伦布的手上，满屋子的人都鸦雀无声，大家都要看看哥伦布到底是怎样把鸡蛋竖起来的。

只见哥伦布不慌不忙地拿起鸡蛋，把鸡蛋的一头在桌上轻轻一敲，磕破了一点鸡蛋的尖头，鸡蛋便牢牢地竖立在桌上了。哥伦布轻松地说："诸位办不到的事，我不是办到了吗？"

这些达官贵人哪肯服输，齐声大嚷："用你这种方法，谁都能把鸡蛋竖立起来。这是最简单不过的事了。"

"是的，这的确是最简单不过的事，"哥伦布笑着说，"可是你们为什么做不到呢？"

宾客们一个个强词夺理："鸡蛋都破了，那算什么呢？"

哥伦布却继续保持不以为然的态度："我在刚开始定条件时，说过不允许把鸡蛋敲破吗？"

在场的达官贵人面面相觑，不知道怎么回答了。

哥伦布离席而去时还留下了一句令人回味的话："即使是简单的事也需要有人去发现，去证实。站在后面指手画脚是无用的，关键在于创先。"

宾客们一时哑口无言。

思考题

你知道哥伦布发现的新大陆是哪里吗?

答　案

美洲

小学五年级语文课本（下册）有一篇课文叫《音乐之都维也纳》，课文中说奥地利首都维也纳是欧洲古典音乐的摇篮，海顿、莫扎特、贝多芬、舒伯特、施特劳斯等许多著名音乐家都在这里度过了他们大部分的音乐生涯，谱写了许多优美的乐章。贝多芬的名字大家应该都听过吧？他是伟大的德国作曲家，维也纳古典乐派的代表人物之一，对世界音乐的发展有着举足轻重的作用，被尊称为“乐圣”。那么，你知道贝多芬最著名的一首乐曲《月光曲》是怎样创作出来的吗？

贝多芬和《月光曲》

有一年秋天，贝多芬去各地旅行演出，来到莱茵河边的一个小镇上。一天夜晚，他在幽静的小路上散步，听到断断续续的钢琴声从一所茅屋里传出来，弹的正是他的曲子。

贝多芬走近茅屋，琴声忽然停了，屋子里有人在谈话。一个姑娘说：“这首曲子多难弹啊！我只听别人弹过几遍，总是记不住该怎样弹，要是能听一听贝多芬自己是怎样弹的，那有多好啊！”一个男的说：“是啊，可是音乐会的入场券太贵了，咱们又太穷。”姑娘说：“哥哥，你别难过，我不过随便说说罢了。”

贝多芬听到这里，就推开门，轻轻地走了进去。茅屋里点着一支蜡烛。在微弱的烛光下，男的正在做皮鞋。窗前有架旧钢琴，前面坐着个十六七岁的姑娘，脸很清秀，可是眼睛瞎了。

皮鞋匠看见进来个陌生人，站起来问："先生，你找谁？走错门了吧？"贝多芬说："不，我是来弹一首曲子给这位姑娘听的。"

姑娘连忙站起来让座。贝多芬坐在钢琴前面，弹起盲姑娘刚才弹的那首曲子来。盲姑娘听得入了神，一曲完了，她激动地说："弹得多纯熟啊！感情多深哪！您，您就是贝多芬先生吧？"

贝多芬没有回答，他问盲姑娘："您爱听吗？我再给您弹一首吧。"

一阵风把蜡烛吹灭了。月光照进窗子来，茅屋里的一切好像披上了银纱，显得格外清幽。贝多芬望了望站在他身旁的穷兄妹俩，借着清幽的月光，按起琴键来。

皮鞋匠静静地听着。他好像面对着大海，月光正从水天相接的地方升起来。微波粼粼的海面上，霎时间洒遍了银光。月亮越升越高，穿过一缕一缕轻纱似的微云。忽然，海面上刮起了大风，卷起了巨浪。被月光照得雪亮的浪花，一个连一个朝着岸边涌过来……皮鞋匠看看妹妹，月光正照在她那恬静的脸上，照着她睁得大大的眼睛。她仿佛也看到了，看到了她从来没有看到过的景象，在月光照耀下的波涛汹涌的大海。

兄妹俩被美妙的琴声陶醉了。等他们苏醒过来，贝多芬早已离开了茅屋。他飞奔回客店，花了一夜工夫，把刚才弹的曲子——《月光曲》记录了下来。

思考题

你知道罗曼·罗兰写的名人传记有哪三部作品吗?

答　案

《贝多芬传》1903 年、

《米开朗基罗传》1906 年、

《托尔斯泰传》1911 年。

小学五年级语文课本（下册）有一篇课文叫《海伦·凯勒》。海伦·凯勒是19世纪美国盲聋女作家、教育家、慈善家、社会活动家。她一生写了14部著作，被美国《时代周刊》评选为20世纪美国十大英雄偶像之一。时隔100多年，当我们穿过悠长的时光隧道，回眸凝视这位度过了87年无光、无声的孤独岁月的弱女子，我们不由得惊叹：生命的奇迹究竟是如何诞生的？读了下面的文章，也许我们的心灵之光将由此被点燃。

海伦与水的故事

一天，安妮带着海伦出去，晒着暖暖的春天阳光，海伦在草地上轻巧地跳跃。她快乐无比，早把功课抛到九霄云外了。

她们信步走到花园角落的古井小屋。海伦开心地连跑带跳，进入小屋，她喜欢天热时这里潮湿的凉意。安妮深深吸了一口气，也跟着进去。

安妮拿起抽水筒把手，用力上下重复压缩。水从龙头“哗啦哗啦”冲出，水花四溅。

她急忙抓了海伦的手，浸在冰凉的流水中，同时用手在她湿淋淋的掌中拼写："水"。

海伦挣扎着要抽出手，安妮紧握不放，一次又一次，不厌其烦，把"水"这个单词写了又写。

突然，海伦触电似的停住挣脱，停住呼吸，她全神贯注于手掌中拼写的："水"

从她掌心输入脑海，烙印心眼。水！刹那间，她脸上闪耀出顿悟的光辉。

"水"，她在安妮手中拼写着。她混沌初开，过去模糊不清的一切意境，在手指的挥动中逐渐清晰，现出轮廓，豁然领悟。"水"，此时此刻，在手上涓涓滴滴的流体，所谓万物本具，只是被无知蒙蔽罢了。

海伦的生命似从梦中惊醒。她坐在地上笑着、叫着，用拳头捶地。安妮蹲下把她拥在怀里。时光宝贵，海伦匆促地挣脱，用手再度拼写，她要求"快拼"，要求安妮快快教她。

海伦停下一会儿，记忆着新知。她手舞足蹈，碰着水龙头。安妮在她手中拼了几次"水龙头"。海伦集中精神学习，第三个字花去她好几分钟，她点头示意，第三个已输进脑中，加入她的词汇里，她在古井小屋内来回行走要求教她所摸到的一切东西的名称。几个字以后，她突然抬起头，眉头紧锁。安妮知道她碰上了难题。海伦愁眉苦脸，看来好像又要撒野了。其实不然，她正在苦苦思索，以至于不断用拳头敲打自己的头。

安妮不禁笑得前仰后合。"你终于想到了。小捣蛋，来吧！把手伸出来！"

她慢慢地在手里拼出"海伦"。

此时海伦面对安妮，静静站着，双眸渐渐明亮闪烁，她知道了"海伦”这个名字就是她自己。

她又拉起安妮的手，轻柔地拍着。安妮以为她表示“谢谢”，但是海伦继续轻拍。

“原来如此！”安妮在海伦身旁弯下腰，在她手里写了“老师”。好！现在两个人都有名字了。

几分钟后，两个全新的人从古井小屋并肩走出。“老师”取代了“陌生人”，海伦驱除了不言不语在黑暗中游荡的精灵。

初尝知识果实，海伦继续央求“老师”教她认识新字。临睡前，海伦已拼会了30个字。她在这一天所学的，比过去5个星期所学的总数还要多，最难得的是她理解了这些文字所代表的含义。

海伦的手指因疲乏而抖动，她的眼皮深垂，手指却还在拼画。安妮轻轻嘘着：“够了，够了。”她抱起海伦放到两人共睡的床上。

海伦舒服地躺着，手指还在不安分地挥动。安妮不禁莞尔一笑，轻声说：“宝贝，还有明天呢！明天可以学得更多哩！”她轻轻按下被窝里蠕动的小手。

安妮站在床边舒了一口气，才发现自己是多么的累。她赶快套上睡衣，脸也没洗，牙也没刷，爬上床躺在海伦身旁，一切等明天再说吧！

“多么美妙的一天！”在凉爽的被单里，她把脚伸直，放松全身。

美好的一天还未落幕，海伦还没有睡着。她溜下床偷偷绕到安妮身边，亲吻安妮的面颊，又回到床上，依偎在安妮的手臂里呼呼酣睡。

安妮拥着熟睡的孩子静静躺着。她侧弯身轻轻地回亲了海伦。

思考题

你知道著名作家马克·吐温是怎样评价海伦·凯勒的吗？

答　案

马克·吐温曾说：“海伦·凯勒和拿破仑是19世纪两个杰出的人物。拿破仑试图用武力征服世界，他失败了；海伦·凯勒用笔征服世界，她成功了。”

小学二年级语文课本（上册）有一篇课文叫《梅兰芳学艺》，里面提到了我国著名的京剧艺术大师梅兰芳先生。在京剧表演艺术家中，梅兰芳先生是让中国国粹京剧走向世界的先行者，也是京剧表演大师中最受人欢迎的一位。这不仅因为他所创立的“梅派”艺术，继往开来，影响深远，更因为他具有崇高的民族气节，品德高尚，演技精湛，在艺术界和人民群众中享有极高声望。

梅兰芳蓄须

1937 年 8 月 13 日，日军进攻上海，淞沪战事爆发。日寇占领上海不久，得知蜚声世界的京剧第一名旦梅兰芳住在上海，就派人请梅兰芳到电台讲话，让其表示愿为日本的“皇道乐土”服务。梅兰芳觉察到日本人的阴谋伎俩之后，便决定尽快离沪赴港，摆脱日寇纠缠。于是他一边给日本人带口信说，最近要外出演戏，一边携家率团星夜乘船赴港。梅兰芳来到香港后，深居简出，不愿露面。为了消磨时光，他除了练习太极拳、打羽毛球、学英语、看报纸、看新闻外，把主要精力都用来画画。他喜欢画飞鸟、佛像、草虫、游鱼、虾米和画外国人的舞蹈。这些作品，家人和剧团人员看到后十分高兴，都说给他们带来了许多美感和欢乐。

1941 年 12 月下旬，日军侵占香港，梅兰芳苦不堪言，担心日本人会来找他演戏，怎么办？他与妻子商量后，决心采取一项大胆举措：留蓄胡子，罢歌罢舞，不为日本人和汉奸卖国贼演出。有一次，他笑着对友人说："你别瞧我这一撮胡子，将来可有用处。日本人要是蛮不讲理，硬要我出来唱戏，那么，坐牢、杀头，也只好由他了。"

1942 年 1 月，香港的日本驻军司令酒井看到梅兰芳留起了胡子，十分惊讶地说："梅先生，你怎么留起胡子来了？像你这样的大艺术家，怎么能退出舞台艺术呢？"梅兰芳回答说："我是个唱旦角的，如今年岁大了，扮相也不好看，嗓子也不行了，早已经不能再演戏了，这几年我都是在家赋闲习画，颐养天年啊！"酒井一听，十分不悦，气呼呼地走了。过了几天，酒井又派人来找梅兰芳，一定要他登台演出几场，以表现日本统治香港后的繁荣。正巧，此时梅兰芳患了严重的牙病，半边脸都肿了，酒井获悉后无可奈何，只好作罢。翌日，梅兰芳感到事态十分严峻，香港也成了是非之地，不能久留。于是，他立即坐船返沪，回到阔别三年多的上海老家。但是，梅兰芳先生崇高的民族气节却永远留在人们的心中。

思考题

你知道梅兰芳先生的经典曲目有哪些吗？

答　案

《贵妃醉酒》《霸王别姬》《苏三起解》《穆桂英挂帅》等

小学三年级语文课本（上册）有一篇课文叫《石头书》，石头书上有字，有画，它还会告诉我们哪座山下埋着煤炭，哪块地下藏着矿石……石头书里的学问还真不少呢！我国有一个著名的地质学家李四光，从小也特别喜欢研究石头，下面我们就来读读他和石头之间的故事吧！

奇怪的石头

李四光是我国著名的科学家和地质学家，是中国现代地球科学和地质工作的主要领导人和奠基人之一，也是新中国成立后第一批杰出的科学家和为新中国发展做出卓越贡献的元勋。

小时候，李四光特别喜欢和小伙伴一起玩捉迷藏的游戏。每次捉迷藏，李四光都爱藏在一块大石头的后面。这块巨石一直孤零零地立在草地上。一听到小伙伴的脚步声，李四光就悄悄围着大石头躲闪。大石头把他的身影遮得严严实实的，小伙伴围着石头转来转去，也找不到他。时间长了，李四光不禁对这块大石头发生了浓厚的兴趣：这么大的一块石头，是从哪儿来的呢？它孤零零地站在这里有多少年了呢？

李四光跑去问老师，老师想了想，说：“这块石头恐怕有几百年的历史了，我小的时候它就在那儿了。”

“那么，是谁把它放在那儿的呢?”李四光好奇地问。

“听说天上常常掉下来陨石，也许它就是从天上掉下来的吧!”老师也不敢确定。

“这么重的大石头，如果是从天上掉下来的，力量一定非常大。它应该把草地砸出一个很深很深的大坑才对。可它为什么没扎进土里去呢?”李四光想不明白。

“这我可说不上来了。”老师也不知道。

李四光见在老师这里找不到答案，又跑去问爸爸，可爸爸也说不清楚。

这块突兀的大石头到底是怎么来的?为什么它的四周都是平整的土地，没有一块石头呢?这个问题李四光想了许多年许多年。直到他长大以后到英国学习了地质学，才明白：冰川可以推动巨大的石头旅行几百里，甚至上千里。

后来，李四光回到家乡，专门又去考察了这块大石头。他终于弄明白了，这块大石头是从遥远的秦岭被冰川带到这里来的，并不是从天上掉下来的。经过进一步的考察，李四光又发现在长江流域有大量第四冰川活动的遗迹。他的这一研究成果，震惊了全世界。

（选自李晓明、刘凤东《奇怪的大石头》，有删改）

思考题

你知道石头书上的字是什么?画又是什么吗?

答　案

石头书上的字是雨痕、波痕和矿物，画是各种化石。

小学三年级语文课本（上册）有一篇课文叫《军神》，讲的是我们新中国十大元帅之一刘伯承的故事。刘伯承元帅戎马一生，叱咤疆场，被后人冠以“军神”的美誉。不过，你一定不知道吧？刘伯承元帅小时候也曾经跟你一样调皮哦！

小孩子要学好

军事家刘伯承，用兵如神，指挥若定，这是人所共知的。然而，刘伯承小时候特别爱玩，胆子大，经常爬树掏鸟蛋，上房捅蜂窝，天天忙个不停，这你一定不知道。母亲常说他：“墙都快给你踏平喽！”他还是村里的“孩子王”，小朋友们公认他是“头儿”。他可以发布动员令，与邻村的孩子展开石头战，并且经常打胜仗。

刘伯承刚满 5 岁，父母就送他进了学堂。到了学堂后，他根本不用心学习，整天贪玩，成绩很差。父母心里很着急。

一天，刘伯承放学回家，又想出去玩，妈妈把他叫住说：“你书背熟了吗？只顾贪玩怎么行？”

刘伯承说：“早就背熟了。不信，我背给你听听！”

刘伯承知道妈妈不识字，随便嘴里念什么她也不知道。于是，他信口胡乱背了一通。

刘伯承的父亲是个有文化的人。伯承在门外给妈妈胡乱背书时，父亲在屋子里听见了，觉得文不对题，就走出大门，生气地说："孝生（刘伯承的小名），你背的是什么书？"

刘伯承知道在父亲面前是混不过去的，只得吞吞吐吐地说："我……我在……"

父亲严厉地说："你以为妈妈不识字，就可以欺骗她，这怎么能行。小孩子要学好！"

刘伯承受到父亲的批评，羞愧地低下了头。

父亲这么一说，妈妈知道孩子在欺骗她，伤心地哭了。她边哭边当着孝生的面说："唉，谁让我小时候家穷，念不成书呢？如今连自己的儿子也欺负我了。一个人不识字，做个睁眼瞎子多苦啊！"

父亲把刘伯承拉到身边，一边抚摸着他的头，一边语重心长地问："孝生，你自己说，以后咋办？"

刘伯承知道欺骗妈妈是不对的，便走到妈妈跟前，拉着妈妈的手说："以后我再也不说谎了，好好念书，妈妈，你别伤心了……"

从此以后，刘伯承上课再也不调皮捣蛋了，成绩也有了很大的进步，爸爸、妈妈都感到很欣慰。

思考题

学习了《军神》这篇课文，你想用哪些成语来赞扬刘伯承呢？

答　案

戎马一生、身经百战、刮骨疗毒、传为美谈

约法三章、秋毫无犯、运筹帷幄、好谋善断

在小学一年级语文课本（下册）《陈毅探母》一课中，我们认识了一个孝顺母亲的陈毅元帅，令人肃然起敬。陈毅元帅从小就聪明好学，酷爱读书，每次只要看起书来，他就会忘记周围的一切。因为看书太专心了，他还闹过一个小笑话呢！你想知道是怎么一回事吗？下面的故事会告诉你！

墨汁当白糖

陈毅同志从小就是一个酷爱读书的孩子，他总是把书带在身边，有空就看上几页。如果发现了一本好书，那简直比什么都高兴。

有一年，陈毅到一位亲戚家去欢度中秋节。一进门，陈毅就意外地发现了一本自己向往已久的好书，于是一下子就忘记了步行几十里路的疲劳，一头钻进一间空屋子里，兴致勃勃地读了起来。陈毅一边专心致志地读书，一边用毛笔摘录着重要章节，忘记了周围的一切。他完全沉浸在书的世界里，亲戚几次来催他吃饭，他也舍不得将书放下。亲戚没办法，只好把刚蒸好的糍粑给他端来，让他边看边吃。谁知，陈毅看书实在太专心了，他嘴里吃着糍粑，注意力却全在书上。糍粑本来应该蘸糖吃，可他吃着吃着，不知不觉中竟把糍粑伸到砚台里蘸上墨汁往嘴里送，而且吃得津津有味，一点也没发现有什么不对。

过了一会儿，亲戚又给他端面条来，突然发现小陈毅满嘴都是墨，忍不住哈哈大笑起来。笑声吸引了外屋的人，大家一拥而进，结果看到陈毅那滑稽的样子，也都忍不住哈哈大笑起来。陈毅起初还不知众人在笑什么，他用手抹了一下嘴巴，见手上沾了很多墨汁，才知道自己误吃了墨汁，所以被大家笑话了。这时，聪明的小陈毅却平静而幽默地说："吃点墨水没关系，我正觉得肚子里墨水太少哩。"

思考题

读了这个故事，你想到了哪些成语？

答　案

专心致志、全神贯注、聚精会神、一心一意

提起孙中山，同学们大都知道。小学三年级语文课本（上册）《孙中山破陋习》讲的就是他小时候破除缠足陋习的故事。关于孙中山的故事，说上三天三夜也说不完，下面就再给大家说一个少年孙中山打抱不平的故事。

孙中山闯花园

孙中山，名孙文，字逸仙，是中国近代民主主义革命的先行者，三民主义的倡导者，也是伟大的爱国主义者。孙中山的少年时代，是在广东香山县翠亨村度过的。当时，翠亨村有户富裕人家，兄弟三人在屋后修了个花园。春天到了，花园里奇花异草，争芳斗艳，茂林修竹，郁郁葱葱，景色十分美丽。孙中山和小伙伴们常常到这里玩耍，有时还帮着三兄弟干点杂活，和三兄弟结下了很深的友谊。

有一天，孙中山和小伙伴们正在花园里捉迷藏。忽然，十几个凶神恶煞似的清兵冲了进来，不管三七二十一，硬给三兄弟戴上手铐押走了。原来，当地有个恶吏相中了三兄弟的花园，想占为己有，于是就依仗权势，乱编罪名，把三兄弟押进了县衙大牢。

翠亨村的乡亲们都知道三兄弟为人忠厚老实，纷纷为他们打抱不平。孙中山虽然年纪小，但是目睹了整个过程，更是恨透了那个贪赃枉法的恶吏，于是，他下决心找个机会气气恶吏，灭一灭他的威风。

这天，孙中山鼓起勇气，翻过围墙，悄悄地溜进花园，然后东一脚，西一脚，故意把碎砖残瓦踢得四处乱飞，把花园搞得乱七八糟。“劈劈啪啪”的响声，惊醒了正在酣睡的恶吏。恶吏手提佩刀走出屋子，见园里有个小孩，就厉声呵斥道：“臭小子，你在干什么？”

“我到这里玩玩。”孙中山不慌不忙地回答。

“你好大的胆子，竟敢随便闯入我的花园，快快滚开！”那恶吏发怒了。

孙中山毫不示弱，怒目而视：“这花园明明是三兄弟的，你为什么无理霸占！”

这下子，可触到了那恶吏的痛处。他怒不可遏地拔出刀来，暴跳如雷地向孙中山刺去。

然而，早有防备的孙中山一转身，就跑得无影无踪了。

父亲知道了这件事后，把孙中山训斥了一顿，为了保护他，还把他关在家里不让他出门。乡亲们听说后，却无不为孙中山的胆量叹服，说他长大了一定是一个非同一般的人物。

思考题

你知道辛亥革命是哪一年爆发的吗？

答　案

1911 年

小学三年级语文课本（下册）有一篇课文叫《大作家的小老师》，文中讲到了诺贝尔文学奖获得者萧伯纳和一个苏联小姑娘娜塔莎的故事。其实，萧伯纳不仅是一个谦虚自律的人，在生活中，他还十分幽默风趣呢！下面我们就来读几个关于他的诙谐小故事吧！

萧伯纳的故事

妙退英王

爱尔兰作家萧伯纳成名之后，家里经常门庭若市，使他苦于应付。一天，英国国王乔治六世前去访问这位大文豪。简单的寒暄之后，出于兴趣爱好和文化修养的悬殊，两人很快就沉默无语了。过了一会儿，萧伯纳看英王还是没有离去的意思，便慢慢从口袋里掏出怀表，然后一个劲地盯着表看，直到英王不得不告辞。事后，有人问萧伯纳喜不喜欢乔治六世，萧伯纳听了，饶有风趣地微微一笑，回答道："当然，在他告辞的时候，确实使我高兴了一下。"

无一不晓

有一天，萧伯纳应邀去参加一个丰盛的晚宴。席间，有一个青年人在大文豪面前滔滔不绝地吹嘘自己的天才，好像自己天南海北样样通晓，大有不可一世的气概。起初，萧伯纳一直缄口不言，洗耳恭听。后来，萧伯纳越听越觉得不是滋味。最后，萧伯纳实在忍不住了，便开口说道："年轻的朋友，只要我们两人联合起来，世界上的事情就无一不晓了。"那人听了，惊愕地说："未必如此吧！"萧伯纳说："怎么不是，你是这样的精通世界万物，不过，尚有一点欠缺，就是不知夸夸其谈会使丰盛的佳肴也变得淡而无味，而我刚好明白这一点，咱俩合起来，岂不是无一不晓了吗？"

司机妙语

萧伯纳很喜欢自己驾驶汽车。一天，他一边开着汽车，一边和坐在旁边的司机谈起他新近构思的一个剧本来。突然，司机一句话也不说，就从兴致勃勃的萧伯纳手里夺过了方向盘。

"您怎么啦？"事出突然，萧伯纳感到十分惊讶和不解。

"请您原谅，"司机严肃地说，"您的剧本确实妙极了，所以我真不希望您在没写完这个剧本之前就把命送掉。"

萧伯纳听了，不由摸着鼻子，尴尬地笑了起来。

思考题

你知道萧伯纳最著名的作品是什么吗？

答　案

《魔鬼的门徒》《芭芭拉少校》《伤心之家》《圣女贞德》《苹果车》《真相毕露》等

小学三年级语文课本（下册）有一篇课文叫《翻越远方的大山》，讲的是原中国男子田径队 110 米栏运动员刘翔的故事。“飞人”刘翔的速度有多快，你一定比我还清楚；“飞人”刘翔连破世界纪录的场面有多酷，你肯定也比我更清楚。可是，你知道“飞人”“起飞”前的故事吗？让我们一起来听听吧……

自信的刘翔

刘翔上小学的时候，有一次班里进行班干部改选，班主任主持。按照程序，由老师先报出几个候选同学的名字，然后大家举手表决。如果觉得有其他合适人选，也可以提出来。

刘翔那时的学习成绩很出色，也愿意为班里做事，但刘翔心里隐隐感到，老师这次不会给他当班干部的机会。因为刘翔虽然成绩不错，但平时实在是太顽皮了，在班里常常扮演“皮大王”的角色。在老师眼中，这样的学生怎么会有资格当班干部呢？

选举的进程是从“大”到“小”。先选大队长，刘翔有自知之明，坐在底下不吭声。接着是选举中队长和中队委员，其实那几个候选同学的学习成绩都和刘翔差不多，有的还不如刘翔呢，刘翔开始有点着急了。选完中队干部，接着是小队长选举，这是最后的机会，可老师报出的候选人名字里，还是没有“刘翔”。这下，刘翔真的急了，再也坐不住了，要知道，错过这个村，可就没有这个店了。于是，刘翔鼓起勇气，咬了咬牙，举起了手。

“刘翔，手可以放下了。”老师报出一个同学的名字，在大家举手表决后对刘翔说。但刘翔仍倔强地举着手。

“刘翔，你有什么事要说吗？”老师疑惑地问。

刘翔“呼”地一下站起来，大声说：“报告老师，我要选一个同学！”

老师笑了：“你要选谁？”

“我选我自己！”刘翔坚定地回答。

刘翔的话音刚落，全班就哄堂大笑起来。那个时候，选自己还是一件非常新鲜的事，大家都抱着一种谦虚的态度来看待选举。在同学们的概念里，选举是要别人来推荐的，哪有自己选自己的道理？更何况，刘翔还这样理直气壮。而在刘翔看来：我不行，我就不上；如果我行，为什么不为自己争取一个机会？

老师也愣了一下，但她还是给了刘翔一次机会：“那好，选刘翔的同学请举手！”稀稀拉拉的，班里只举起了几只手，而且还是几个平日里经常和刘翔一起玩耍的男同学。这次毛遂自荐最终以惨败告终，并在相当长一段时间内成为同学们茶余饭后的谈资。

好险！幸亏刘翔的自信心没有因为这次小小的打击而毁掉。2004年雅典奥运会110米栏半决赛结束后，刘翔用自信的语气告诉全国电视观众：“我会取得更好的成绩！”很快，刘翔就在决赛中实现了这一诺言，并一次又一次翻越远方的大山，成为中国体育田径史上、也是亚洲田径史上第一个集奥运会冠军、室内室外世锦赛冠军、国际田联大奖赛总决赛冠军、世界纪录保持者等多项荣誉于一身的运动员。

思考题

你知道刘翔跨栏的最好成绩是几秒几吗？

答　案

刘翔 110 米跨栏的最好成绩是 12 秒 88，获得瑞士洛桑田径超级大奖赛金牌，打破了沉睡 13 年之久的由英国名将科林·杰克逊创造的 12 秒 91 的世界纪录。

小学三年级语文课本（上册）有一篇课文叫《做一片美的叶子》，写得特别美，作者就是金波爷爷。小朋友们，你们知道金波爷爷是谁吗？金波爷爷是一位专门给小朋友写故事、写诗的作家，他写了好多有趣的童话，如《乌丢丢的奇遇》《追踪小绿人》《又见小绿人》等；他也写过很多优美的诗歌，他的诗歌被誉为“美的向导，爱的使者”，真挚地表现了少年儿童热爱大自然、拥抱大自然的美好感情。下面我们就来读一个金波爷爷的小故事吧！

一根白头发

有一次，金波爷爷到一个学校里面去举办讲座。讲座结束的时候，有个小朋友问他：“金波爷爷，我能要一根您的白头发吗?”还没有等金波爷爷问他问什么有这个要求，提问的小男孩就被老师责问：“你怎么能提这种要求呢？金波老师，您不用理他……”小男孩很委屈地被老师带走了。金波爷爷的心里却有点难过……

过了一段时间，金波爷爷又到另外一所学校去举办讲座。没想到，讲座结束时，又有一个男孩子问他：“金波爷爷，能给我一根您的白头发吗?”金波爷爷马上就想起之前那个小男孩来，就亲切地问他：“为什么你想要我的一根白头发呢?”小男孩天真地回答说:“金波爷爷,我想知道您的白头发里是不是有小精灵……”

原来,喜欢读金波爷爷童话故事的孩子,都很好奇金波爷爷的白头发里是不是有小精灵,世界上是不是真的有小绿人……

小朋友们,你们想不想向金波爷爷要一根白头发呢?

思考题

你最喜欢金波爷爷塑造的哪一个人物形象?是乌丢丢、小绿人,还是盲孩子或是小叶子呢?

说起陶行知，在中国的教育界几乎无人不知，无人不晓。他被人们尊称为“万世师表”，被毛主席誉为“伟大的人民教育家”。小学三年级语文课本（下册）《放飞蜻蜓》讲的就是陶先生循循善诱，教育孩子们放飞蜻蜓，爱护益虫的故事。而从下面的故事中，我们更能看出陶先生是一个多么善于教育孩子的人。

一块手表

有一天，陶行知先生到一位朋友家去玩，正巧看见朋友的夫人正在打孩子，孩子正在地上委屈地哭着。

陶先生见了，连忙拦住朋友的夫人，问是怎么回事。朋友夫人指着手里一块被拆得乱七八糟的手表，气呼呼地说：“陶先生，您看，这块手表是我前几天才买的，竟然被我儿子拆成这样。您说可气不可气？该打不该打？”

陶先生听了，笑了笑，幽默地说：“糟了，恐怕中国的一个爱迪生被你枪毙了。”

夫人有点愕然：“陶先生，为什么您这么说呢？难道我这样做不对吗？”

陶先生摇摇头，夫人又接着问：“陶先生，您是大教育家，那您说对这样的孩子该怎么办呢？”

陶先生走过去，把孩子搀起来，搂在怀里，笑嘻嘻地问：“你为什么要把妈妈的新表拆坏呢？”

孩子怯生生地望了妈妈一眼，低声说：“我听见表里有滴答的声音，觉得很有意思，想拆开看看到底是什么在响……”

陶先生说：“你很好奇，这没有错，但你要跟大人说一声，不能自作主张，来，跟我一起到钟表店去好吗？”

孩子奇怪地问：“去钟表店干什么呀？”

陶先生笑着说：“去看师傅修表啊！看他怎么拆，又怎么修，怎么装配，你不喜欢吗？”

孩子一听，高兴得跳了起来：“啊！太好了！我去！我去！”

陶先生跟朋友夫人打了声招呼，就拿着那只坏表，带着孩子一起到了一家钟表店。

修表师傅看了看坏表，说：“要1元6角修理费。”先生说：“价钱依你，但我要带着孩子站在旁边看你修，让他长长见识。”师傅同意了。

于是，陶先生与孩子站在一旁，满怀兴趣地看师傅修表。看师傅怎样把手表拆开，怎样把零件一个个浸在药水里。又看师傅给手表上好油后，再把一个个零件组装起来。从头到尾，陶先生带着孩子站在师傅旁边，津津有味地整整看了一个多小时。

全部装好后，师傅给手表上了发条，手表重新发出清晰的滴嗒声，孩子高兴地欢叫起来：“响了，响了，表修好了！”

陶先生临走又花了一元钱买了一只旧钟，送给孩子带回去拆装。孩子连声说：“谢谢伯伯，谢谢伯伯，伯伯真好！”

思考题

你知道陶行知的教育名言吗？

答　案

捧着一颗心来，不带半根草去。

千教万教教人求真，千学万学学做真人。

小学四年级语文课本（上册）有一篇课文，叫《徐悲鸿励志学画》，讲的是著名画家和美术教育家徐悲鸿先生留学法国时励志学画，为国争光的故事。绘画大师徐悲鸿一生给人们留下了几千幅优秀画作，在我国美术史上起到了承前启后、继往开来的作用。下面，我们就再来读一个《徐悲鸿赛画》的故事吧！

徐悲鸿赛画

徐悲鸿是我国杰出的绘画大师。早年他曾远渡重洋，来到法国巴黎学画。

有一天，徐悲鸿收到美术界留学生一份赛画的邀请书。他因作画来迟了一步，一跨进会堂，见有个空位，便坐了下来。他环视会场，发现列坐在两旁的人们正用不同神色的眼睛盯着他，这是怎么回事？再一看，原来自己坐到了正中的首席上。徐悲鸿这才明白过来，他的心不禁“怦怦”直跳。“就乖乖地下去吗？不，不能下去！我不能给中国人丢脸。”徐悲鸿心里想着，于是他若无其事地继续端坐在首席上。

几个外国人见徐悲鸿无动于衷，便忍不住开始对徐悲鸿进行挑衅。一个英国人首先站上台来说：“我先画！”他只用了30分钟，就画好了一幅色彩鲜明、构图典雅的油画。另外几个外国人迅速将画挂到墙上，顿时许多外国人为其捧场。那个英国人更是高兴得手舞足蹈，满以为自己一定会夺赛画之冠。

这时，一直沉默的徐悲鸿从首席上站起来，大声地说："好！我也来献上一幅画！"话音刚落，他就打开画箱，在桌上铺好四尺宣纸，饱蘸浓墨，挥笔作画。没一会儿，一匹奔腾的骏马已跃然纸上。徐悲鸿很沉着地端详了一下，适当加重了几笔，很快落了款，盖上了图章，并迅速地把这幅《奔马图》贴在墙上。宽大的白色墙壁上，立刻出现了一匹呼之欲出的骏马，它栩栩如生，似乎正健步如飞，向人们奔跑过来。

两相比较，那幅油画立刻就显得黯然失色了。场内顿时欢呼起来："太绝了！太妙了！中国人真了不起！"那几个一开始为英国人捧场最露骨的外国人，也不得不伸出大拇指啧啧称赞。

徐悲鸿为中国人扬眉吐气，从此，在这样的赛场上，外国人再也不敢小看中国人了。

思考题

你知道徐悲鸿最擅长画什么吗？

答　案

马

小学四年级语文课本（上册）《说勤奋》一课中，提到了一个从小就十分勤奋好学的人，他就是——童第周。童第周是享誉海内外的卓越的生物学家、教育家，中国实验胚胎学的主要奠基人，也是 20 世纪生物科学研究的杰出领导者。正所谓“绳锯木断，水滴石穿”，童第周爷爷取得的卓越成就和他的勤奋好学是密不可分的。

滴水穿石

1902 年，童第周出生在浙江宁波，他的父亲是一个教私塾的先生。童第周从小就跟着父亲读私塾，边学习边劳动。父亲常常给小童第周讲古人刻苦读书的故事，讲学海无涯、一定要持之以恒的道理，希望他将来成为一个有出息的人。

童第周小时候好奇心十分强，看到不懂的问题总是要向父亲问个为什么。父亲每次都不厌其烦地耐心给他讲解。

有一天，童第周看到屋檐下的石阶上整整齐齐地排列着一行小坑坑，他觉得十分奇怪，可是，他琢磨了半天也弄不明白是怎么回事，便好奇地问父亲：“父亲，那屋檐下石板上的小坑是谁敲出来的？是做什么用的呀？”

父亲看到儿子这么好奇，高兴地说：“这不是人凿的，这是檐头水滴下来敲的。”

小童第周听了，心里感到更奇怪了，水还能把坚硬的石头敲出坑来？父亲见了，耐心地解释说：“一滴水当然敲不出坑，但是天长日久，点点滴滴不断地敲，水不但能敲出坑，还能敲出一个洞呢！古人不是常说‘滴水穿石’嘛！就是这个道理。”父亲的一席话，在小童第周的心里激起了一阵阵涟漪，他坐在屋檐下的石阶上，望着父亲，似懂非懂地点了点头。

由于家里的农活比较多，渐渐地，童第周对学习有些失去兴趣，不想继续读书了。父亲见了，便耐心地开导童第周说：“你还记得我给你讲过的‘滴水穿石’的故事吗？小小的檐水只要长年坚持不懈，就能把坚硬的石头滴穿。难道一个人的恒心还不如檐水吗？学知识也要靠一点一滴积累，坚持不懈才能获得成功，千万不能半途而废啊！”为了更好地鼓励童第周，父亲亲手书写了“滴水穿石”四个大字送给他，并充满期望地对他说：“你要这四个字作为座右铭，永志不忘。”

“水滴石穿”，这是父亲对童第周的勉励，也是他对童第周的期望。而事实上，童第周确实是这样做的。童第周一生，都在身体力行地实践着“水滴石穿”的精神，他抓住每一分钟、每一秒钟，以顽强的毅力向着科学的顶峰登攀，最终成为享誉海内外的卓越的生物学家。

思考题

你知道童第周被誉为中国什么之父吗？

答 案

克隆之父

聆听经典

20世纪中国气象事业的史册上，镌刻着这样一个名字——竺可桢。这位早年留美的气象学博士，以他强烈的爱国心和责任感，为中国自己的气象学研究和应用奠定了坚实基础。竺可桢严谨的学风、坚韧的毅力以及对党和人民的无限热爱，成为广大科研工作者的楷模，也是我们每一个同学学习的榜样。小学四年级语文课本（下册）《第一朵杏花》讲的就是竺可桢爷爷搞科学研究严谨认真的故事。

战胜自己

著名的气象学家竺可桢，十五岁那年从故乡绍兴小学毕业，考进了上海澄衷学堂。

在澄衷学堂，竺可桢的才学没有哪个人能比得上，可是他的个头和体重，却要比同龄人矮一截，轻十来斤。他的这副单薄瘦弱的身子骨，成了同学们讥讽和嘲笑的对象。有一天，在教室的走廊上，迎面走来几个同学。他们中，有的对着竺可桢挤眉弄眼，有的故意大声挖苦嘲笑。其中一个人大声挖苦道：“瞧瞧他这副小身材，一遇台风就要被吹上天。”另一个人接着大声说：“好一个可笑的小矮子，我估计他活不过20岁。”

听到这些话，竺可桢十分气恼，真想针锋相对地回敬几句，但他又转念一想：谁叫自己长了这么一副单薄的身子骨呢。再说，一个男子汉也犯不着为了一两句恶言恶语，就跟人撕破脸皮争吵起来。

晚上，竺可桢躺在床上辗转反侧，心潮起伏：我们的祖国灾难深重，人民贫穷病弱，被外国人称为“东亚病夫”。现在我自己也被人看不起，既然我立志要为拯救祖国出力，那就必须首先战胜自己的病弱身体！

想到这里，竺可桢霍地从床上爬起来，连夜制订了一套非常详细的锻炼身体的计划，还精心挑选了一条“言必行，行必果”的格言，工整地抄写好，贴在宿舍里，作为警钟，随时提醒自己。

从那以后，竺可桢便开始实行自己的锻炼计划。他每天闻鸡起舞，天一亮就从床上爬起来，到校园里跑步、舞剑、做操……有一天清晨，竺可桢刚一醒来，就听到一阵阵“轰隆隆”的雷声，从窗户往外一瞧，天空中密密麻麻的雨点下得正紧。今天还要不要按时起床锻炼呢？竺可桢心里刚刚犹豫了一下，马上又坚定起来：不行，有一次间断，就可能有第二次、第三次……于是，他迅速起床，坚持冒雨跑完了规定的路程。

这样坚持了一段时间，竺可桢的体质明显增强了，身体变得健壮了，个子长高了，而且再也没请过一堂课的病假。这时候，全班同学，包括过去讥讽挖苦他的那些同学，都异口同声称赞他是“智体并重”的模范。

就这样，竺可桢凭着自己的勤奋与好学，凭着自己的意志与精神，在知识的海洋中越走越远，越走越远……

思考题

你知道竺可桢爷爷曾经在南京哪所学校执教吗？

答　案

南京高等师范学校

小学四年级语文课本（下册）有一篇课文叫《永远的白衣战士》，讲述了广东省中医院护士长叶欣，在抗击“非典”的战斗中，临危不惧，身先士卒，舍己救人的感人事迹。在中外历史上，像叶欣这样，能以坚强的信念，排除一切困难并建立特殊功业的人物向来不多，尤其是女性人物更为鲜见。现代护理的鼻祖及现代护理专业的创始人弗洛伦斯·南丁格尔就是最具有代表性的一位伟大女性。

提灯女神

南丁格尔生活在十九世纪英国一个富裕的家庭中，她小的时候，父母希望她能具备文学与音乐的素养，从而进入上流社会。但南丁格尔自己却不这么想，她曾经在日记中写道：摆在我面前的路有三条：一是成为文学家；二是结婚当主妇；三是当护士。而她最后不顾父母的反对，毅然选择了第三条道路：当一名护士。

要知道，在南丁格尔生活的十九世纪中期的英国，医院肮脏不堪，病人无法得到很好的护理，护士是一些无知、粗俗的女人做的工作，她的父母甚至觉得她的选择损害了他们家的名誉。

但南丁格尔却发誓要改变这一切。1853 年，她在伦敦担任了妇女医

院院长。1854年，克里米亚战争爆发，她接受政府的邀请和任命，带领38名妇女，离开伦敦，启程前往克里米亚担任战地护理工作。一开始，工作并不顺利，士兵们因为伤痛和不满，常常对着她们大喊大叫，但南丁格尔以她的善良和精湛的护理水平，赢得了伤兵们的好感，渐渐地，士兵们不再骂人，也不再粗鲁地叫喊了。夜深人静时，南丁格尔常常会提着一盏油灯，到病房巡视，她仔细检查士兵们的伤口，看看他们的伤口是否换过药了，他们是否得到了适当的饮食，被子盖好了没有，病情是不是得到了控制……士兵们都被她的举动感动了，有的病人竟然躺在床上亲吻她落在墙壁上的身影，表示对她的衷心感谢和崇高敬意。她还会安慰一些重病患者，做好他们的心理工作，并督促士兵往家里写信以报平安，她自己也寄了几百封信给那些死亡士兵的家属，安慰他们。这些工作，南丁格尔虽然都是默默无闻地在做，但却给士兵们带来了莫大的安慰。于是，很快，南丁格尔就成了士兵中一个传奇式的人物，大家都知道了这样一位“提灯女神”的事迹。

1860年，南丁格尔用英国政府奖励给她的钱，创建了世界上第一所正规护士学校，她也被誉为现代护理教育的奠基人。1907年，英国国王授予南丁格尔功绩勋章，她成为英国历史上第一个接受这一最高荣誉的妇女。南丁格尔逝世之后，为了表示对她的敬仰，世人把她的生日（5月12日）定为国际护士节。1912年，第9届国际红十字大会的代表一致通过决议，设立南丁格尔奖。南丁格尔被列入世界伟人之一，永远受到人们的尊敬。

思考题

你知道南丁格尔的半身像被印在哪里了吗？

答　案

英国10英镑纸币的背面（正面是英国女王伊丽莎白二世的半身像）。

小学四年级语文课本（下册）有一篇课文叫《宋庆龄故居的樟树》，里面提到了宋庆龄女士。宋庆龄是孙中山先生的妻子，是爱国主义、民主主义、国际主义、共产主义的伟大战士，举世闻名的二十世纪的伟大女性。宋庆龄女士从青年时代起就追随孙中山先生，献身革命，在近七十年的革命生涯中，坚强不屈，矢志不移，英勇奋斗，始终坚定地和中国人民、中国共产党站在一起，她为国家和人民所建立的丰功伟绩，永载史册。其实，小时候的宋庆龄就是一个诚实守信的孩子。

信守诺言

有一天，妈妈给小庆龄讲了一个“自食其言”的故事：春秋战国时，鲁哀公的身边有一个重臣叫孟武伯，他有一个最大的毛病，就是说话不算数。因此，鲁哀公对他很不满。一天，哀公举行宴会招待群臣，孟武伯和哀公的宠臣郑重也参加了这次宴会。孟武伯向来不喜欢郑重，就在宴会上借机出郑重的洋相，讥讽地问道：“郑先生怎么长得越来越胖了？”哀公听到后，便插嘴道：“一个人常常吃掉自己的诺言，当然会长肥呀！”在座的大臣一听就知道哀公并不是批评郑重，而是在暗中指责孟武伯说话不算数。

小庆龄知道，妈妈给她讲这个故事是教育她从小说话要算数，要谨守诺言。从此，小庆龄便把“信守诺言”这四个字铭记心间。

一个星期天，宋庆龄的父亲准备带着全家去朋友家作客，孩子们大都穿好了礼服就要出发了，只有宋庆龄仍在钢琴前弹奏着那动听的旋律。

母亲喊道：“孩子们快走吧，伯伯正等着我们呢！”

听到妈妈的喊声，宋庆龄立即合上琴盖，跑出房间，拉着妈妈的手就走。可是刚迈出大门，突然又停住了脚步。

“怎么了？”一旁的父亲看到小庆龄停住了脚步，不解地问道。

“今天我不能去伯伯家了！”庆龄有些着急地说。

“为什么不能去，孩子？”母亲望着女儿说。

“妈妈，爸爸，我昨天答应小珍，今天她来我家，我教她叠花。”庆龄说。

“我还以为有什么非常重要的事情呢！这好办，以后再教她就是了！”父亲说完，便拉着庆龄的手就走。

“不行！不行！我走了，小珍来了会扑空的，那多不好呀！”庆龄边说边把手从父亲的大手里抽回来。

“那也不要紧呀！回来后你就到小珍家去解释一下，并表示歉意。明天再教她叠花不也可以吗？”妈妈说。

“不！妈妈，您不是常对我说要信守诺言吗？答应了别人的事，怎么可以随意改变呢？”宋庆龄不停地摇着头说。

“我明白了，我们的庆龄是一个守信用的孩子，不能自食其言，是吗？”妈妈望着庆龄笑了笑，接着说，“好吧，那就让我们的宝贝留下来等小珍吧！”

宋家夫妇放心不下家中的小庆龄，在客人家吃过午饭，就提前匆匆地回到家中。一进门，父亲就高声喊道：“亲爱的孩子，你的朋友小珍呢？”

宋庆龄回答说：“小珍没有来，可能是她临时有什么急事吧！”

“没有来，那你一个人在家该多寂寞呀！”母亲心疼地对女儿说。

“妈妈，没关系的，虽然小珍没有来，家中只有我一个人，但是我仍然很快活，因为我信守了诺言。”宋庆龄开心地回答妈妈。

听了小庆龄的话，看到她这么小就知道信守诺言，有担当，父亲和母亲都欣慰地笑了。

思考题

你知道人们为什么总爱在宋庆龄故居的两棵樟树前留影吗？

答　案

樟树所表现出的特点与宋庆龄的伟大人格有相似之处，体现了宋庆龄崇高的人格风范和高贵品质。人们在宋庆龄故居的樟树前留影，是为了表达对宋庆龄女士的衷心爱戴和深切怀念。

小学五年级语文课本（上册）有一篇课文《师恩难忘》，是著名作家刘绍棠回忆自己启蒙老师的一篇文章。十年树木，百年树人。老师的教诲之恩，刘绍棠终生难忘！而在下面的这篇文章里，刘绍棠自己已经成为一位著名的作家，同时也成了别人的老师了。让我们一起去看看别人眼中的刘绍棠吧！

初登师门

第一次登刘绍棠老师的家门，是 **1985** 年的冬天。路上，我设想过他家的各种样子，但绝没想到会是那个情形。

走近北京府右街光明胡同 **45** 号，映入眼帘的是两扇油漆斑驳的木板小门。迈进门槛，要下一层台阶，院内比门外街面要低一尺多。站在院内，迎面挺立着几棵老枣树，此时已是叶落果光，只有那枝枝铁干在寒风中不屈不挠。枣树北面是一溜墙头，光秃秃地裸露着青砖。主屋是南面的几间平房，绍棠老师就住在这里。见此情景，我心中生出几许遗憾：这简直就是一座农家小院嘛，怎么堂堂大作家就住这样的房子？

绍棠老师笑哈哈地迎出来，把我们让进书房，又让我看了个目瞪口呆。我原以为作家的书房应该是宽敞明亮的，有宽大的写字台，古色古香的太师椅，一排排书架依墙而立……而绍棠老师的房间却狭小得很，而且光线很暗。书桌当然是必备的，但很陈旧；椅子也是有的，不过不是太师椅，而是普通办公室里用的木制椅；屋子中间的煤炉给人带来暖意，可也占去不少空间，并给屋内增添了不少灰尘。最引人注目、也是最令人肃然起敬的，便是书，铺天盖地的书：书架上是书，书桌上是书，椅子上是书，地板上是书，书，书，书……书在这小小房间里形成了海洋。这时我脑海中自然冒出那两句明言："书山有路勤为径，学海无涯苦作舟。"

我们在木凳上坐下，绍棠老师也坐到写字桌前。我看着稿纸上未干的墨迹，知道是我们的造访打断了他的写作。我用眼睛量了量他的写字桌，总长不过一米八，两边堆得高高的书刊占去了桌子的一半，任他自由挥洒的只是这三尺左右的天地。正是在这三尺书案上，绍棠老师构思出一个又一个优美动人的故事，塑造出一个又一个栩栩如生的人物，创作出一部又一部脍炙人口的文学精品。中国作家，让人敬佩！

对我们的来访，绍棠老师非常高兴，亲热地和我们交谈。先是询问我们的创作情况，鼓励我们多看书，勤动笔；告诉我们要深入生活，观察社会；最后自然又提到他的乡土文学主张。说起乡土文学，绍棠老师更是神采飞扬，说苏联作家肖洛霍夫的巨著《静静的顿河》；说鲁迅先生就是中国乡土文学的创始人；说越是有地域特色的，才最有可能成为世界的。他为自己的文学创作总结出四句话：中国气派，民族风格，地方特色，乡土题材。绍棠老师对鲁迅先生很敬佩，说他是硬汉子。学作文，首先要学做人，要有艺术家的良心，写出的作品要对得起社会，对得起读者。做人要忠厚，要善良，要正直，要勇敢，不能得"软骨病"。

为了不过多耽搁绍棠老师的写作，我们起身告辞。绍棠老师拿出两本他刚出版的长篇小说，认真地签字盖章，送给我们。

走在大街上，我仍沉浸在兴奋之中。我暗暗发誓：今后一定刻苦学习，以实际行动报答绍棠老师的关心和期望！

（选自倪勤《我的恩师刘绍棠》，有改动）

思考题

刘绍棠的代表作有哪些？

答 案

《青枝绿叶》《蒲柳人家》《瓜棚柳巷》《运河的桨声》《山楂村的歌声》等

小学五年级语文课本（上册）《去打开大自然绿色的课本》和五年级语文课本（下册）的《月光启蒙》这两篇课文都是当代诗人、作家孙友田的作品。孙友田的作品观察细腻，语言优美，富有激情，深受人们喜爱。下面我们就来读读这个农家男孩的成长经历吧！

孙友田的故事

1936 年 12 月一个寒冷的清晨，一个男孩出生在安徽省一个普通的孙姓家庭里。他的到来给这个家庭带来了无尽的快乐和希望。

和许许多多的中国家庭一样，老孙家住的是茅草房，过着吃了上顿没有下顿的日子，因此父亲把田地看得很重。如果有一些土地，就能种出粮食，就能让一家人吃得饱饱。这是父亲的一个梦想，所以他给这个小男孩起名“有田”，希望从此之后，家中能过上有田有粮，丰衣足食的日子。

孙友田的幼年正处在动乱年代，小男孩 7 岁入学，之后断断续续地读了几年书。孙友田从小就很聪明，又是家中长子，母亲对他很慈爱。母亲不识字，记忆力却很强，童谣、民歌过耳不忘。小男孩从母亲那里听来的歌谣，其实是母亲小时候从外婆那里学来的。父亲有时候也会教他一些“数来宝”，父亲说能唱这些恭维人的话，遇上荒年就能讨口饭吃，不至于饿死。这些有趣又有用的歌谣、民谣陪伴着小男孩度过了儿时许多饿肚子的时光。琢磨着琅琅上口的民谣，他常常觉得肚子不再那么饿了。

孙友田9岁那年，日本侵略者被打跑了。老孙家也终于有了几亩薄地，父亲攒了两年的钱，还买了一头小毛驴。小毛驴是家中的大劳力，忙时耕地，闲时驮物。孙友田对它比对自己还好，经常给他喂草喂料。他们的感情非常好。可是淮海战役打响后，溃败的国民党部队把他们家的小毛驴强行拉走了，可怜的毛驴再也没有回到它的主人家。这是件让孙友田很伤心的事，阴影一直笼罩着他幼小的心灵。

1949年，新中国成立后，孙友田有了重新读书六年级的机会。根据学校的要求，他必须参加考试，作文题目是写“一件难忘的事”。这个题目又触及了孙友田的伤心事，他情不自禁地又想起了他的那头可爱又可怜的小毛驴，他就在学校教导主任的办公室里一口气把这件难忘的事写了出来。故事很精彩，也很感人，感动得阅卷老师一边看一边抹眼泪。

孙友田这篇感人至深的作文，让他出了名。第二年，他就获得免费吃住、免费到离他们家90里地的职业学校就读的机会。重新走进课堂的机会来之不易，孙友田读书、写作更加刻苦了。三年后，他以优异的成绩从学校毕业了。

这一年孙友田又写了一首诗，题目叫《祖国，只要您的手一指》，发表在1954年8月6日的上海《青年报》上，这是他把自己的手写字变成铅字的处女作。于是他有了到淮南煤矿学校就读的机会，依旧免费吃住，不要学费，学得好还有奖励，毕业后就分配工作。

农民子弟孙友田就这样完成了他的学业。他用自己的文字和诗歌写出了一条农村通向城市的道路，实现了“鲤鱼跳龙门”的梦想。

思考题

孙友田被称为什么诗人？

答　案

煤炭诗人

小学五年级语文课本（上册）有一篇课文叫《装满昆虫的衣袋》，讲的是法国著名昆虫学家、文学家法布尔小时候的故事。对未知世界的探索，可以始于兴趣，但不能止于兴趣。法布尔正是抱着对“科学真理的挚爱”精神，去探索昆虫世界，从而发现了一个崭新的世界。他以“哲学家一般的思想，美术家一般的视角，文学家一般的笔触”给世界留下了不朽巨著《昆虫记》。而正是因为法布尔对昆虫的痴迷，才将他引进了科学的殿堂。

痴迷的法布尔

法布尔出生在法国南部山区的一个小村庄里。村前小溪流水，村外山野树林，村里鸟栖虫居，环境十分优美。

法布尔小时候，别说图书了，就连识字画片也没有一张。他和小伙伴们只能打土仗，捉“俘虏”，做占山为王的游戏。他们几乎成了一群一身泥土的“野”孩子。不过，小小的法布尔有一点与其他孩子不同，他对大自然里发生的事情特别感兴趣，特别好奇。不论是水里的游鱼、空中的飞鸟、花丛中的蝴蝶……他总喜欢给自己提出一连串的问题：“鱼儿睡不睡觉？”“鸟儿长不长牙齿？”“蝴蝶为什么这样漂亮？”……这

些问题，大人们也常常回答不出来。于是他时常留心观察飞禽和昆虫，自己寻找答案。

一个深秋的夜晚，睡在祖母身边的法布尔，突然听见房屋背后，荒草滩里响起一阵“唧——唧唧唧”的虫鸣声，声音清脆好听。这是蟋蟀吗？不对！这比蟋蟀的声音小多了。那是山雀吗？不对！山雀不会连续叫个不停，更何况是在漆黑的夜晚呢。

“奶奶，奶奶，这是什么在叫呀？”法布尔好奇地问。

祖母开始打瞌睡了，迷迷糊糊地答道：“睡吧，也许……是狼。”法布尔不愿推醒奶奶，又挡不住虫鸣的诱惑，他悄悄地穿上鞋，开了门，摸黑到草丛中去，想看个究竟。法布尔在草丛中找了半天，野草划破了他的手，也没有把那只小虫找到。

法布尔 7 岁那年，家里送他到邻村的一座小学读书。这是一所设备非常简陋的学校，全校只有一间茅草屋，一名教师。巧的是，这位老师是一位动物爱好者，他饲养了猪、鸡、羊、鸽子、黄莺、蜜蜂等很多动物，还有一只招人喜爱的小刺猬。法布尔在这儿除了功课，还学到了不少小动物方面的知识。

渐渐的，小法布尔对动物，特别是昆虫的兴趣越来越浓。一天，父亲赶集回来，给他买了一张“动物挂图”和一本寓言集。寓言集里有许多禽兽、小虫的精美插图，法布尔爱不释手，早也看，晚也看，他逐渐痴迷上了对昆虫的研究。

有一回，法布尔在大路边，发现一群蚂蚁正在搬运一只死苍蝇。蚂蚁们像在紧张地从事一项巨大的工程，有的拼命往前拉，有的调兵遣将，有的传递信息……多繁忙的劳动场面哪！法布尔不禁被吸引住了，他趴在路边，掏出放大镜，一动不动地观察起蚂蚁们的行动来。下地劳动的人们从他身边走过，看见法布尔趴在那儿；他们结束劳动回家时，发现小法布尔还趴在那儿。他们无法理解小法布尔的行为，摇着头说："这孩子大概'中邪'了！"可法布尔痴迷在自己的世界里，根本就不知道人们在说什么。

法布尔为了捕捉一只小虫，常常喘着气跟着虫子奔跑。有时候，为了不损伤虫子的腿或翅膀，他宁愿自己绊一跤。

一年冬天，法布尔生病躺在床上。当他看到几只冻僵了的昆虫时，便把它们放进自己的怀里。昆虫慢慢地苏醒了，法布尔特别高兴。法布尔研究昆虫，已经进入了"忘我"的境界。

1858 年，法布尔获得博士学位后，一直从事生物学和昆虫行为学的研究，成果卓著。他的不朽著作《昆虫记》也成为世界小朋友最爱读的书。

思考题

法布尔被世人称为什么？

答　案

"昆虫界的荷马"、昆虫界的"维吉尔"。

小朋友们，你们听过《春天的故事》这首歌吗？歌中所唱的“有一位老人”指的就是邓小平爷爷。邓小平爷爷是中国人民解放军、中华人民共和国的主要领导人之一，是中国社会主义改革开放和现代化建设的总设计师，他所倡导的“改革开放”及“一国两制”政策理念，改变了20世纪后期的中国，也影响了世界。小学五年级语文课本（上册）有一篇课文《在大海中永生》，表达了人们对邓小平爷爷的衷心爱戴与深切怀念。邓小平爷爷虽然去世了，但他却永远与大海同在，与祖国同在，与人民同在，永远活在我们的心中。

精忠报国

1980年**2**月**12**日，是我国农历大年三十。这一天下午**4**点，当杭州市民正忙着准备除夕年夜饭时，邓小平爷爷却带着女儿邓楠和外孙萌萌、外孙女眠眠一起来到了岳飞的墓地岳王庙。

马上要过年了，小萌萌不明白外公为什么要带他们到这个地方来。原来，岳飞是邓小平爷爷从小就熟知的抗金名将，他十分敬佩岳飞精忠报国的精神。岳王庙是岳飞被害后的长眠之地，几百年来成了人们瞻仰民族英雄、祭奠岳飞忠魂的一个圣地。邓小平爷爷带萌萌和眠眠到这里来，就是为了让他们感受一下民族英雄岳飞的浩然正气，教育他们要从小热爱祖国，长大以后报效祖国。

进入岳庙大门，迎面便是忠烈祠和“心昭天日”的巨幅横匾。岳庙文保所所长介绍说：“这是叶剑英元帅 1979 年在岳庙重修时题写的，出处是岳飞临刑前在狱案上挥笔写就的八个大字：‘天日昭昭！天日昭昭！’”邓小平爷爷一边听，一边默默地点头，并和儿孙们在“心昭天日”的横匾前和威武的岳飞塑像前合影留念。

接着，邓小平爷爷又带着儿孙们来到北碑廊，这里陈列着岳飞的奏折、诗词、手书的刻石。在岳飞手书《满江红》碑前，邓小平爷爷笑着对外孙女、小孙子说：“我小时候就会唱《满江红》呢！”说罢，他便高声吟诵了起来：“怒发冲冠凭栏处，潇潇雨歇，抬望眼，仰天长啸，壮怀激烈……”

在岳王庙的正殿，邓小平爷爷又满怀深情地给萌萌讲起了岳飞的故事。

到了岳飞父子墓前，邓小平爷爷拉着外孙女、小孙子的手，默默地围着岳飞墓转了一圈，然后，他们来到了墓道边上的铁栅旁。铁栅内，是谋害岳飞的秦桧夫妇、张俊、万俟卨 4 个南宋奸贼的铁铸跪像。邓小平爷爷用手指着四个奸臣的铁铸跪像对孩子们说：“你们一定要记住，英雄总是被后人怀念，坏人却总是被后人所唾弃。”

接着，邓小平爷爷给小萌萌念起了门柱上的一副对联：“青山有幸埋忠骨，白铁无辜铸佞臣。”邓爷爷语重心长地对小辈们说：“这对联写得好，我们要像岳飞一样精忠报国才是啊！”

邓小平爷爷向来关注对下一代的教育，每年“3·12”植树节，邓爷爷总是把家里几个孩子都带去植树，培养他们从小重视环境保护的意识。这次参观岳王庙，他老人家又亲自给孩子们上了一堂活生生的弘扬民族精神的爱国主义教育课，让孩子们从小就树立起精忠报国的思想。

思考题

岳飞的《满江红》，你会背吗？

答　案

《满江红·怒发冲冠》

岳　飞

怒发冲冠，凭栏处，潇潇雨歇。抬望眼，仰天长啸，壮怀激烈。三十功名尘与土，八千里路云和月。莫等闲，白了少年头，空悲切！

靖康耻，犹未雪；臣子恨，何时灭？驾长车，踏破贺兰山缺！壮志饥餐胡虏肉，笑谈渴饮匈奴血。待从头，收拾旧山河，朝天阙！

小学五年级语文课本（上册）有一篇课文叫《高尔基和他的儿子》，在这篇课文里，高尔基教育自己的儿子懂得了“给永远比拿愉快”的道理。高尔基是社会主义、现实主义文学的奠基人，也是苏联文学的创始人，列宁称他为“无产阶级艺术最杰出的代表”。小朋友们，高尔基之所以能成为一个大文豪，和他从小就酷爱读书是密不可分的，下面就让我们一起去看看高尔基爱读书的故事吧！

爱读书的高尔基

1868年，高尔基出生于俄国伏尔加河畔的下诺夫戈罗德城。高尔基的父亲是个大兵的儿子，母亲是染房老板的女儿。高尔基小时候家里很穷，11岁时就被迫流落人间，开始独立谋生。他拣过破烂，先后当过码头搬运工、面包师傅、杂货店伙计、园丁和守夜人等，受尽了欺凌与虐待，饱尝生活的苦难与艰辛。高尔基只上过三年小学，但是他酷爱读书，利用一切机会读手边所能碰到的书，刻苦自学。

有一年，高尔基到一家裁缝店去当学徒。在裁缝店里，小高尔基一边干活，一边想方设法读书，当时，裁缝店老板订了一份《俄罗斯报》，小高尔基就常常趁老板不在时，偷偷看这份报纸。

有一次，小高尔基从邻居家借来一本小说，趁老板晚上睡着以后，在窗边借着月光津津有味地读起来。过了一会儿，月亮躲到了云层后面，可小高尔基兴致正浓，怎肯罢手，就点燃一盏小油灯继续看下去。不一会儿，老板从睡梦中醒过来，他看见小高尔基居然在油灯下如痴如醉地看着一本厚厚的书，不由怒气冲冲地说："看什么看，灯油都快被你用完了！"老板娘也醒过来，像一头母狼似的扑上去殴打小高尔基。小高尔基实在无法忍受下去了，他二话不说，头也不回地离开了这家裁缝店。

小高尔基背着行囊来到伏尔加河边，他注视着波光点点的伏尔加河，心里感觉有些悲伤，可是很快他又看到了生活的希望，因为他在一艘轮船上遇到了一位和蔼可亲的胖厨师，并做起了胖厨师的洗碗小伙计。更让小高尔基感到惊喜的是，这个胖厨师也是个书迷，他有满满一箱子的书，而且愿意让小高尔基随便读。小高尔基高兴极了，一有空闲时间就如饥似渴地读书，有时还和胖厨师一起探讨书中的各种问题。

就这样，小高尔基一边读书一边思索，从大量的书籍中明白了许多人世间的道理，在社会的底层读完了他的社会大学。大量的阅读和艰苦的经历使高尔基开阔了眼界，磨炼了意志，也让他积蓄了丰富的知识和生活素材，激发了他从事文学创作的强烈欲望，使他最终成为苏联大文豪。

思考题

你知道高尔基的自传体三部曲是他的哪三部作品吗？

答　案

《童年》《在人间》《我的大学》主要叙述阿廖沙的童年和青少年经历。

小学四年级语文课本（上册）有一篇课文《桂花雨》，选自作家琦君的散文集《桂花雨》，表达了她对家乡亲人和美好生活的眷恋。虽然琦君的童年充满了忧伤，但她总把最美好的写给少年读者，让孩子们读她的书开卷有益。琦君笔下的家乡，处处洋溢着“三秋桂子，十里荷花”的美好气息，而母亲一直是琦君最重要的创作源泉，下面就让我们跟随琦君的文字，一起去看看琦君母亲的菩提树吧！

母亲的菩提树

家乡老屋的后院曾一直有一棵很高大的桂树，是母亲在我才出生不久时栽种的。母亲称之为菩提树。

那时我身体瘦弱，经常生病，高烧不退。因为家里那时的经济情况不太好，所以生病的时候很少住院。每次发烧，母亲都用一条沾了湿水的毛巾放在我的额头，然后拿一炷香匆匆来到后院的桂树下点燃，跪下向神求拜，让菩萨保佑我平安无事。或许是我的命大，或许是母亲虔诚的求拜感动了上苍，每次我的病都能奇迹般地好起来。高烧退去，母亲极是感动，对桂树越发地敬重起来，细心照料它，而且每遇一件大事，母亲都要到桂树下面，烧上一炷香，许愿一番。

读书的时候，到了夏天，天气燥热，我耐不住屋里的高温，便把煤油灯和书桌移至桂树下，温习功课。因为白天桂树宽大的枝叶遮住太阳，桂树下的地盘太阳一直照射不到，到了晚上，桂树附近竟是一片阴凉。我一边做着老师布置的作业，一边听桂树的枝叶在微风的吹拂下发出轻微的声响，仿佛在我的耳边唱着一支美丽动听的歌曲。

在我复习功课的时候，母亲每次都陪在我的身旁，用一把大蒲扇给我扇风，驱赶蚊蝇。煤油灯的光亮照在母亲的脸上，我看见母亲满脸的皱纹和白天劳动过后的一脸疲倦，但母亲始终微微笑着，一副很欣慰的样子。母亲一边轻轻给我摇动着蒲扇，一边对着桂树，嘴里轻轻念着："菩提树啊，我儿这么用功努力，你可要保佑他能考中大学……"今日，每当回想当年的情景，我都感动异常，为自己，更为我善良的母亲。

然而，母亲的菩提树终究不是万能。它虽保佑我考进大学，母亲却无力支付我的大学费用，我半工半读修完所有的大学课程。它也不能让母亲的大女儿从病魔中逃脱出来，我的大姐便是那年在满院桂花飘香的季节离开了人世。

桂树于母亲来说，不仅是保佑我们一生的神的象征，而且母亲还能从它的身上取得许多有用的东西。到了八月，桂树上开满了桂花，风儿吹过，地上便落满了缤纷的花瓣。母亲把它们扫起，晒干，做成

桂花茶，供我们饮用。茶叶因为价格昂贵，是不轻易买的。母亲说桂花茶清凉解毒，常喝人不会生病。我不知是否有此一说，但每次喝桂花茶，都觉得清凉爽口，香甜无比。

大学毕业后，我在离家遥远的城市工作，而后又去外面闯荡。虽然我早已长大成人，可是母亲一直放心不下，牵肠挂肚，每次来信问寒问暖，信中说："后院的桂树已砍去，我虽不能去桂树下为你烧香求愿了，

但每日在心里我都为你祈福，愿你平安地出去，平安地归来。”那一刻，我热泪盈眶。原来母亲的菩提树早已种在她的心里了。

（选自琦君的《母亲的菩提树》，有改动）

思考题

你还读过琦君的哪些作品？

小学五年级语文课本（上册）有一篇十分有趣的课文叫《天火之谜》，讲的是美国杰出的政治家、外交家、科学家和作家富兰克林通过“风筝实验”，揭开天火之谜的故事。富兰克林因发明避雷针而被赞许为“制服天上雷电的人”，下面我们就来读一读这个传奇人物富兰克林年轻时化敌为友的故事。

化敌为友

富兰克林年轻的时候，曾在一家小印刷厂里工作，他把所有的积蓄都投在了那里，因为他特别想得到为议会印文件的业务，但他却受到了另一个议员的干涉。那个议员既有钱又能干，是印刷厂里的重要人物，他非常讨厌富兰克林。面对这样的情况，富兰克林并没有灰心，而是下决心要让对方喜欢自己。

有一天，富兰克林听说那议员个人的图书室里藏有一本很奇特的书，于是，他便给那个议员写了一个便笺，假装很诚意地想看那本书，并希望他能把书借给自己几天，以便自己能细细地品味一下这本书的奇特之处。果真不出富兰克林所料，那个议员看过便笺之后，立刻派人把那本书送了过来。一个星期之后，富兰克林把那本书还了回去，并特意附带一封信，强烈地表示了对那个人的谢意。

事情过后不久，他们二人在会议室里相见了，以往那个议员对富兰克林都是爱理不理的，可这次却与以往截然不同，他不但主动上前跟富兰克林打招呼，而且还很有礼貌。从此以后，对于富兰克林的每一件事，这位议员都乐意帮忙，久而久之，两个人竟成了很好的朋友，而且这份友谊一直持续到那个议员去世。

思考题

富兰克林根据放电的原理，发明了什么？

答　案

避雷针

提到诺贝尔这个人，可以说是鼎鼎大名，全世界几乎无人不知，没人不晓。诺贝尔是瑞典籍的科学家、发明家，他因发明炸药、雷管，并经营、生产这两样东西而成为富豪。诺贝尔临终前留下遗嘱，把他100多种发明的奖金和专利费共200万英镑，全部存入银行，用每年的利息作为奖金，分别奖给物理学、化学、生理学或医学、文学、和平五个领域中成就最突出的人，1968年增设经济学奖。而诺贝尔发明炸药的过程，可以说一路与死神朝夕相伴，充满了惊险和困难。

与死神朝夕相伴

1864年9月3日这天，寂静的斯德哥尔摩市郊，突然爆发出一连串震耳欲聋的巨响，滚滚的浓烟霎时间冲上天空，一股股火苗直往上蹿。仅仅几分钟时间，一场惨祸发生了。当惊恐的人们赶到出事现场时，只见原来屹立在这里的一座工厂已荡然无存，无情的大火吞没了一切。火场旁边，站着一位30多岁的年轻人，突如其来的惨祸和过度的刺激，已使他面无血色，浑身不住地颤抖着——这个大难不死的青年，就是后来流芳百世的化学家诺贝尔。

诺贝尔眼睁睁地看着自己所创建的硝化甘油炸药的实验工厂在一场

大火中化为灰烬。人们从瓦砾中找出了 5 具尸体，其中一个是他正在大学读书的、活泼可爱的小弟弟，另外 4 人也是和他朝夕相处的亲密的助手。烧得焦烂的 5 具尸体，令人惨不忍睹。

诺贝尔的母亲得知小儿子惨死的噩耗，悲痛欲绝。年老的父亲因太受刺激引起脑溢血，从此半身瘫痪。然而，诺贝尔在这样的失败和巨大的痛苦面前却没有丝毫的动摇。

惨案发生后，警察局立即封锁了出事现场，并严禁诺贝尔恢复自己的工厂。人们像躲避瘟神一样避开诺贝尔，再也没有人愿意出租土地让他进行如此危险的实验。

可是，这一连串挫折并没有使诺贝尔退缩。几天以后，人们发现，在远离市区的马拉仑湖上，出现了一只巨大的平底驳船，驳船上并没有什么货物，而是摆满了各种设备，一个青年人正在船上全神贯注地进行一项神秘的试验。他就是在大爆炸后被当地居民赶走了的诺贝尔！

大无畏的勇气往往会令死神也望而却步。在一次次令人心惊胆颤的实验中，诺贝尔没有连同他的驳船一起葬身鱼腹，而是经过多次试验，他发明了雷管。雷管的发明是爆炸学上的一项重大突破。接着，诺贝尔又在德国的汉堡等地建立了炸药公司。

一时间，诺贝尔生产的炸药成了抢手货，源源不断的订货单从世界各地纷至沓来，诺贝尔的财富与日俱增。

然而，获得成功的诺贝尔并没有摆脱挫折。

不幸的消息接连不断地传来：在旧金山，运载炸药的火车因震荡发生爆炸，火车被炸得七零八落；德国一家著名工厂因搬运硝化甘油时发生碰撞而爆炸，整个工厂和附近的民房变成了一片废墟；在巴拿马，一艘满载着硝化甘油的轮船，在航行途中，因颠簸引起爆炸，整艘轮船全部葬身大海……

面对接踵而至的灾难和困境，诺贝尔没有被吓倒，没有被压垮，更没有一蹶不振，他身上所具有的毅力和恒心，使他对已选定的目标义无反顾，坚忍不拔。在奋斗的路上，他已习惯了与死神朝夕相伴。

诺贝尔把挫折踩在了脚下，赢得了巨大的成功。他一生共获专利发明权 355 项。他用自己的巨额财富，创立的诺贝尔科学奖，被科学界视为一种至高无上的荣誉。

思考题

你知道获得诺贝尔文学奖的中国作家是谁吗？

答　案

莫言

回味经典

小学五年级语文课本（上册）《滴水穿石的启示》一课中提到一个人，叫齐白石。说起白石老人，大家都知道他是现代著名的书画家、篆刻家。在齐白石的笔下，花、鸟、虫、鱼、山水、人物，无一不精，无一不新。可是你们知道吗？齐白石小时候曾经只是一个名不见经传的木工学徒。那么他是如何走上绘画、篆刻之路的呢？这还得从他一次遭人冷眼说起。

神雕仙刻齐白石

齐白石十二岁开始学木匠，干的都是些粗工重活。十六岁时，他来到湖南湘潭城里的一个木器店里，向一位叫周子美的雕花师傅学习木雕工艺。

有一次，湘潭南门外的曹家祠堂要维修，请了不少工匠，周师傅也接到了请柬。临走时，他将齐白石也带去了。

吃早饭的时候，曹氏族长问周师傅带的人是来干什么的，当他听说齐白石是周师傅的徒弟，一起来雕花的，马上脸色一沉，坚决不同意齐白石在祠堂里干活。周师傅一再请求，可曹氏族长根本听不进去。齐白石再也忍不住了，站起来把饭碗朝桌上一放就走。周师傅连忙喊他："喂，吃了饭再走么！"

"谁愿吃他们的白饭！"齐白石回过头来，朝曹氏族长吼了一句。

一路上，齐白石暗暗下定决心，一定要好好学点本事叫这些人看看。

回到木器店，齐白石先将周师傅多年积累下来的雕花画稿看了几遍，并挑了几幅反复临摹。然后，齐白石拿来师傅没干完的一些雕花活，认真干了起来。

过了几天，齐白石还抽空到湘潭城内外的孔庙、关圣庙等处，研究这里琳琅满目的雕刻。时间长了，齐白石终于练出了一手绝招儿。

第二年，曹氏族长又向周师傅发了请柬。这次是想做一张雕花的大床。周师傅干了几天以后，就推说自己膝盖疼的老毛病又犯了，走来走去不方便，准备将床架正面上方的那块花牌匾带回去雕。曹氏族长答应了。过了两天，周师傅拿着那块花牌匾回来了。曹氏族长一看到那块结构别致、布局新颖的《鸳鸯戏水》浮雕，两只眼眯成了一条缝，翘起大拇指赞不绝口："神雕仙刻，名不虚传！"周师傅听了哈哈大笑起来，他问曹氏族长："你知道这是谁雕的吗？"曹氏族长不假思索地说："除汝之外，还有何人？"周师傅笑得更响了，他风趣地学着曹氏族长的腔调说："非也非也，此乃小徒弟之为也！"

曹氏族长听了，顿时吃惊得半天说不出话来。

思考题

你知道白石老人最擅长画什么吗？

答　案

虾

小学五年级语文课本（下册）有一篇课文《只拣儿童多处行》，作者是著名作家冰心奶奶。冰心，本名谢婉莹，是中国现代作家、散文家、诗人、儿童文学作家。她是新文学运动的元老，是我国第一代儿童文学作家，开创了“冰心体”文学样式。冰心的文学融汇着“爱的哲学”，深受读者的赞赏，其影响超越了国界。她一开始写作，就跟小朋友结下了不解之缘，她的《寄小读者》《再寄小读者》《三寄小读者》《小橘灯》《繁星·春水》等都是深受孩子们喜爱的文学作品。冰心奶奶一生给我们讲了无数个平凡而美丽的故事，下面也让我们一起来读读冰心奶奶小时候那些平凡而美丽的故事吧！

“书迷”冰心

我国著名作家冰心，在小的时候就是个书迷。那时，他们几个表兄妹最爱听大人讲故事。冰心的舅舅每天晚饭后都要给孩子们讲一段《三国演义》，小冰心总是津津有味地听着，什么“宴桃园豪杰三结义，斩黄巾英雄首立功”，每段故事都打动着她幼小的心灵，她恨不得让舅舅将所有的故事一股脑儿地全倒出来。可是，舅舅不是一个悠闲之人，晚

上常常会有事，不能继续给小冰心“讲三国”。也不知道是有意还是无意，舅舅有时忙的时候，竟好几天没有给小冰心“讲三国”，这可把惦记故事发展的小冰心急坏了。为了知道故事的发展，小冰心只好拿起《三国演义》来看。于是，《三国演义》就成了冰心阅读的第一部书。这时，她才 7 岁。最初，冰心大半看不懂，就囫囵吞枣地看，不懂的地方就连蒙带猜。后来居然慢慢地理解书的内容了，于是她越看越入迷。

看完《三国演义》，冰心又找来《水浒》《聊斋志异》……她看书看迷了，“海边也不去了，头也不梳，脸也不洗；看完书，自己喜笑，自己流泪。”冰心母亲见只有 7 岁的小冰心天天捧着一本书看，手不释卷，看书看疯了，怕她年纪过小，这样会伤了脑子，便竭力劝她出去玩，冰心不肯。母亲只好偷偷把书给藏起来，可冰心总能想办法把书找出来，继续读书。母亲也没办法。

有一次，母亲叫冰心洗澡，她在房里正准备洗澡时，看见母亲针线笸箩里有一本书，拿起一看是《聊斋志异》。冰心居然忘记了洗澡，捧着书就津津有味地看了起来。直到母亲发觉不对，进去一看，洗澡水都凉了，冰心却依旧埋头书中。母亲生气了，一把夺过她手中的《聊斋》，撕成两半，扔到墙角。小冰心望望母亲，嘴巴一扁一扁地想哭，但看看那本扔在地上的书，实在想看完，就一边胆怯地看着愠怒的母亲，一边怯生生地挪到墙角，捡起那本书，又接着看了下去。看到冰心这样子，本来生气的母亲也被逗乐了。

冰心 10 岁的时候，她的表舅从福建来到烟台，做了她的老师。表舅上了几天课，便委婉地劝诫冰心读书当精而不滥。于是她读的书，又增添了《论语》《左传》《唐诗》和种种新旧散文。这时，冰心才开始和经接触，她对唐诗特别有兴趣，很快就能背诵许多有名的诗篇。

11 岁时，冰心在祖父的书桌上看到了《茶花女遗事》，她觉得很好看，从此，她又开始阅读外国名著。那时只要她手里有钱，就要买外国小说来看，通过阅读外国小说，她了解了不少国外的人情世故。12岁时，冰心开始阅读《红楼梦》，起初她并没有太大的兴致，因为年龄小，其中的好多东西都不太懂，但她还是一直坚持读完。

就这样，少年时期的冰心就已经读了很多的中外优秀的文学作品，读书成为她生命中最大的快乐。看到冰心如此爱读书，开明的父亲打心里喜爱，决定让冰心上学。1912年，冰心考入福州女子师范学校预科，成为谢家第一个正式进学堂读书的女孩子。从此，冰心眼前“海阔凭鱼跃，天高任鸟飞”。后来她自己写文章、著书，成为中国著名的作家。

思考题

你知道课题《只拣儿童多处行》是冰心奶奶根据哪首诗改编的吗？

答　案

田　间

［清］汪楫

小妇扶犁大妇耕，陇头一树有啼莺。

儿童不解春何在，只拣游人多处行。

小学五年级语文课本（下册）有一篇课文叫《早》，赞扬了鲁迅先生珍惜时间、时时早、事事早、奋斗一生的精神。鲁迅先生原名周树人，是伟大的文学家、思想家、革命家。他毕生追求真理，英勇战斗。对敌人，他横眉冷对；对人民，他满腔热忱。下面我们就一起来看看，在鲁迅先生的侄女儿周晔眼里，她的伯父是一个怎样的人。

鲁迅的故事

笑谈“碰壁”

有一次，在伯父家里，大伙儿围着一张桌子吃晚饭。我望望爸爸的鼻子，又望望伯父的鼻子，对他说：“大伯，您跟爸爸哪儿都像，就是有一点不像。”

“哪一点不像呢？”伯父转过头来，微笑着问我。他嘴里嚼着，嘴唇上的胡子跟着一动一动的。

“爸爸的鼻子又高又直，您的呢，又扁又平。”我望了他们半天才说。

“你不知道，”伯父摸了摸自己的鼻子，笑着说，“我小的时候，鼻子跟你爸爸的一样，也是又高又直的。”

“那怎么——”

“可是到了后来，碰了几次壁，把鼻子碰扁了。”

“碰壁？”我说，“您怎么会碰壁呢？是不是您走路不小心？”

“你想，四周围黑洞洞的，还不容易碰壁吗？”

“哦！”我恍然大悟，“墙壁当然比鼻子硬得多了，怪不得您把鼻子碰扁了。”

在座的人都哈哈大笑起来。

救助车夫

有一天黄昏，北风呼呼地怒号着，天色十分阴暗。街上的人都匆匆忙忙赶着回家。爸爸妈妈拉着我的手，到伯父家去。走到离伯父家门口不远的地方，看见一个拉黄包车的坐在地上呻吟，车子在一边扔着。

我们走过去，看见他两只手捧着自己的脚，脚上没有穿鞋，地上淌了一摊血。他听见脚步声，抬起头来，饱经风霜的脸上现出难以忍受的痛苦。

“怎么了？”爸爸问他。

“先生！”他那灰白的抽动着的嘴唇里发出低微的声音，“没留心，踩在碎玻璃上，玻璃片扎进脚底了。疼得厉害，回不了家啦！”

爸爸跑到伯父家里去，不一会儿，就跟伯父拿了药和纱布出来。他们把那个拉车的扶上车子，一个蹲着，一个半跪着，爸爸拿出镊子给那个拉车的夹出脚里的碎玻璃片，伯父拿硼酸水给他洗干净。他们又给他敷上药，扎好绷带。

那个拉车的感激地说：“我家离这儿不远，这就可以支持着回去了。两位好心的先生，我真不知道怎么谢你们！”

伯父又掏出一些钱来给他，叫他在家里休养几天，把剩下的药和绷带也给了他。

天黑了，路灯发出微弱的光。我站在伯父家门口看着他们，突然感到深深的寒意，摸摸自己的鼻尖，冷得像冰，手和脚也有些麻木了。我想，这么冷的天他怎么能光着脚在路上拉车呢？

伯父和爸爸回来的时候，我就问他们。伯父的回答我记不清了，只记得他的话很深奥，不容易懂。我抬起头来，要求他给我详细地解说。这时候，我清清楚楚地看见，而且也清清楚楚地记得，他的脸上不再有那种慈祥的愉快的表情了，他变得那么严肃。他没有回答我，只把枯瘦的手按在我的头上，半天没动，最后深深地叹了一口气。

（选自周晔《鲁迅的故事》，有改动）

思考题

你知道鲁迅先生一开始是学什么的吗？他的哪一篇著名文章就是回忆自己的这段经历的？

答　案

学医

《藤野先生》

小学五年级语文课本（下册）有一篇课文叫《梦圆飞天》，是根据一篇通讯报道改编的，讲述了中华民族千年的飞天梦想终于成真的故事。这篇课文中提到了神舟五号和中国首位航天员杨利伟。杨利伟，这位让全国人民为之骄傲的叩访太空的中国第一人，为祖国赢得了巨大的荣誉。在大家的眼中，杨利伟是一位英雄，可望而不可及，充满了神秘感。而读了下面的故事，你会更加敬佩这位航天英雄敢说真话的勇气。

敢说真话的杨利伟

作为中国第一个登上太空的人，杨利伟看到了浩瀚宇宙中美丽的地球，与此同时，许许多多中国人都在问：看到万里长城了吗？

不知从何时起，“中国的万里长城是太空中能够用肉眼看到的地球上唯一的人工建筑”的说法就广为流传。这个唯一，已经成为中国人引以为荣的骄傲与自豪。但是，杨利伟却非常明确而肯定地答复：“没有看到”。

杨利伟的回答，让许多人在兴奋中感到一丝遗憾与失望，据说外国宇航员都看到了，为什么咱们中国宇航员却看不到呢？

可是，杨利伟说的却是实话！长城的平均宽度不到 10 米，据计算，如果在月球上看到长城，就相当于在 1688 米之遥看一根头发，如果不借助于现代化的观测仪器，肉眼是很难分辨的。

杨利伟发现了真理，同时也发现了谬误。但是，实话要说，却需要勇气。因为有些被传闻认定的神圣东西，虽是谬误的，但在人们心中，却是神圣而不可亵渎的……其实早就有一些亲历太空的宇航员已经在实事求是地纠正，说在太空用肉眼其实是看不到长城的。但是有些媒体却抱着“宁可信其有，不可信其无”的态度，没有进行报道和纠正。

杨利伟作为中国太空第一人，具有敢于探索、不怕牺牲的勇气；更难能可贵的是，他具有另一种勇气——实事求是、实话实说的勇气。尽管谬传已经成为国人引以为荣的自豪，成为一种神圣的民族自豪，成为一种史诗般的英雄情结，但它毕竟是谬传，谬传的东西，早晚是要被现实的东西取而代之的。因此，实话实说需要勇气，我们也应该有这个勇气。

中国的长城是伟大而辉煌的，尽管你在太空中看不到它。但是中国民族文化的伟人，却早已在太空中“雁过留声”。据报载，美国宇航局发射的“航行者”太空船，在太空播放的乐曲中，就有一首古老的中国古筝曲《流水》，将中国民族历史的伟大与辉煌，挥洒得淋漓尽致，丝毫不逊于俯览长城的大写意。

承认在太空中看不到长城，是杨利伟这新一代航天人实事求是的勇气，但长城已在世界人民的胸中，无论走到哪里，人们都会神往它的雄姿伟绩。更让人高兴的是，杨利伟航天飞行的成功，不正意味着中国人长城精神的发扬光大与开拓延续吗？从这一点上来说，即使在太空中看不到长城，长城的伟大与辉煌，也将成为不可或缺的人类航天精神的向往与激励，所以我们说，长城将与宇宙、日月同辉，尽管你在太空中看不到它。

思考题

负责神舟七号太空漫步的宇航员是谁?

答　案

翟志刚

提到我们的伟大领袖毛泽东，我想没有人不知道吧，因为没有他，就没有我们今天的幸福生活。毛主席不仅是伟大的中国革命家、战略家、理论家，还是一个伟大的诗人，小学五年级下册有一首著名的诗词《七律·长征》就是他的杰作。大家都知道毛主席一生极其喜欢看书，可是，你们知道吗？毛主席还是一个十分喜欢参加体育锻炼的人呢！

坚持锻炼的毛泽东

毛泽东主席从小就非常喜欢游泳，而且一辈子坚持游泳。

韶山冲，毛泽东家门口有两个水塘，这是毛主席小时候经常游泳的地方，打水仗，游泳，曾带给他无穷的乐趣。

在第一师范上学时，学校前面就是水面很宽的湘江，更是游泳的好地方。每年 5 月到 10 月，毛泽东和几个同学几乎每天都到湘江游泳，还横渡湘江。到了冬天，许多人都不敢下水，毛泽东和几个伙伴还坚持冬泳。1918 年 3 月，游泳健将，上海《教育杂志》主编李石岑来长沙，毛泽东还专门请他到湘江水中教授游泳技术。当时，毛泽东还写过一首有关游泳的诗，可惜已经失传，只留下了其中两句："自信人生二百年，会当水击三千里"。到了七十岁，毛泽东还横渡长江，真了不起！

风浴，雨浴，日光浴，空气浴，也是毛泽东喜爱的运动。从第一师范前面过了江就是岳麓山，这是毛泽东和伙伴们进行风浴、雨浴、日光浴、空气浴的好地方。他们游过湘江，躺在烈日照射的沙滩上伸展开身子进行日光浴；遇到暴风雨，他们不去躲避，反而在大风大雨中奔跑呼叫，这叫风浴和雨浴；登上山峰，迎风高歌，这叫空气浴。

毛泽东还经常邀集几个同学到君子亭和岳麓山、爱晚亭附近野外露宿。他们尽情地游玩，尽情地高谈阔论，夜深人静了，他们分散开在枯柴杂草中露宿。有一天早晨，几个游人看到庙旁露宿着一个人，头脚都用报纸盖着，因为夜里蚊子多，游人吵醒了露宿的人，收起报纸就走开了，这个人就是毛泽东。

毛泽东不仅自己刻苦锻炼身体，还带动同学们参加各种体育锻炼，组织过游泳比赛，有百余人参加。毛泽东当时还写过一篇研究体育的文章叫《体育之研究》，对体育运动进行深入的探讨，把身体喻为“载知识之车”，“寓道德之舍”。他还提出强国必须重视体育，成才必须德智体全面发展。

新中国成立后，毛主席仍然非常重视体育。在他的领导下，我们国家专门成立了国家体育运动委员会，毛主席还亲自题词：“发展体育运动，增强人民体质”。

思考题

毛主席曾写过一首非常著名的词：《沁园春·雪》，你会背吗？

答案

沁园春 雪

北国风光，千里冰封，万里雪飘。

望长城内外，惟余莽莽；大河上下，顿失滔滔。

山舞银蛇，原驰蜡象，欲与天公试比高。

须晴日，看红装素裹，分外妖娆。

江山如此多娇，引无数英雄竞折腰。

惜秦皇汉武，略输文采；唐宗宋祖，稍逊风骚。

一代天骄，成吉思汗，只识弯弓射大雕。

俱往矣，数风流人物，还看今朝。

小学五年级语文课本（下册）有一篇课文《谈礼貌》，里面提到了我们敬爱的周恩来总理是一个和蔼可亲、礼貌待人、宽容大度的人。周总理是伟大的马克思列宁主义者，中国无产阶级革命家、政治家、军事家、外交家，也是中国共产党、中华人民共和国和中国人民解放军的主要缔造者和领导人之一。而读了下面的这则小故事，你一定会更加敬佩我们敬爱的周总理。

飞机遇险的时候

1946 年 **1** 月，周恩来同志从延安乘飞机去重庆。同行的除了工作人员，还有叶挺的女儿小扬眉，她才 **11** 岁。

飞机飞得又快又稳。透过云层，可以看到积雪的山峰层层叠叠，好像波涛汹涌的大海。突然，飞机遇到一股强烈的寒流，机翼和螺旋桨上都结了冰，而且越结越厚。不大一会儿，机身也蒙上了厚厚的冰甲。飞机像冻僵了似的，沉甸甸地往下坠，还失去了平衡。机翼掠过一座座山峰，眼看就要撞着山尖了，情况十分严重。机长命令机械师打开舱门，把行李一件一件往下扔，好减轻飞机的重量，还要大家背上降落伞包，做好跳伞的准备。

大家正忙着，忽然听到小女孩的哭声。周恩来同志立刻站起来，从摇摆不定的机舱一头，几步跨到小女孩面前。原来小扬眉的座位上没有降落伞包，她急得哭了。周恩来同志马上解下自己的伞包给小扬眉背上，还亲切地鼓励她说："孩子，不要哭，要像你爸爸那样勇敢、坚强，同困难和危险做斗争！"

大家看到周恩来同志不顾自己的安危，把伞包让给了小扬眉，都要把自己的伞包让给周恩来同志。周恩来同志却用命令的口吻说："不要管我！大家要沉着，不要慌张……"

就在这时候，飞机冲出了寒流的包围。在阳光的照射下，冰甲开始融化了，整块整块的冰"哗哗"地往下掉。飞机渐渐升高了，继续快速平稳地向前飞行。"咱们脱险啦！"机舱里一片欢腾。

思考题

你知道周总理有关读书的一句名言吗？

答　案

为中华之崛起而读书

小学五年级语文课本（下册）有一篇课文叫《彭德怀和他的大黑骡子》，讲的是彭德怀元帅在长征途中与战士们同甘共苦的故事。彭德怀是中华人民共和国开国元勋，中国人民解放军著名将领、中华人民共和国元帅。读了下面的这个故事，你对彭德怀元帅的崇敬之情一定会油然而生。

误会后的奖赏

1940 年 12 月下旬的一天，彭德怀在一队战士的护卫下，到武乡王家峪参加总部召开的重要会议。

当一行人要行近史北镇下庄村时，被此村的岗哨队员发现了。他们警惕性很高，远远地看到有一队人马从山梁朝村里走来，便误认为是日军又来“扫荡”了，于是大声吆喝起来：“日军来了，快跑啊！”这一带的老百姓吃够了日军“扫荡”的苦，听到喊声，便纷纷扶老携幼，慌不择路地向山沟里跑去。彭德怀看见这一幕，知道群众误会了，连忙命令部队停止前进。南铺村与下庄村仅隔一道山沟，那里的民兵隔沟望见这支身穿黄军装的部队，又看见下庄村的老百姓四处乱跑，也以为日军又来“扫荡”了，就开了火。

这一打，使护卫彭德怀的战士们着急起来。彭德怀见状立即命令：

"迅速卧倒，谁也不准还击！"说完，他纵身一跃跳下马来，走到高处大声喊道："乡亲们，不要打，我们是八路军，途经这里去王家峪的！"洪亮的声音响彻山谷，民兵们见对方没有还击，才知道是自己人，闹了一场误会。排长马新成带着民兵爬上山来，紧紧握住彭德怀的手，羞愧地道歉说："首长，请处分我吧！"彭德怀笑呵呵地说："这有啥关系，误会嘛！本来，我们应该事先派人打个招呼的，可考虑到一告诉你们，你们又要搞什么欢迎和慰劳了，徒然给群众增添麻烦，所以就想悄悄地过去，谁知会造成误会，反而还给群众带来了惊吓，怪我考虑不周。不过，无意中也考验了你们，警惕性还不低，也勇敢，好样的！"马新成不好意思地接话说："首长，我们差点闯下大祸，您怎么还表扬我们呢！"

彭德怀语重心长地接着说："当然，也要批评你们。第一，你们的枪法不准，子弹都飞上了天，造成浪费。第二，战法不对。你们都直立山坡，目标太大，为什么不利用地形地貌？假若你们今天真的遇上了鬼子，像那种打法，一个也跑不掉。还有第三，应该先掩护群众转移。你看今天，随便喊一声，群众就乱跑，要是真的敌人来扫荡，我看大家都要被包围。要记住，组织群众安全转移是民兵的重要责任啊！"

彭德怀这番分析精当、透彻，马新成和民兵们听得心悦诚服，连连点头，这种结合实战事例的讲解令他们获益颇深，这堂别开生面的军事实战课让他们终生难忘。这时，一个民兵深有感触也很风趣地说道："多亏我们的枪法不准，要不然今天就把亲人打坏啦！"

一阵笑声过后，彭德怀严肃地说："我今天倒是感谢你们的枪法不准，但误会毕竟是偶然的，更多的是与日军进行你死我活的战斗，准确的射击才能有效地杀伤敌人。你们县独立营营长赵永堂不是号称神枪手吗？你们能不能都成为使敌人闻风丧胆的赵永堂？"

这时，下庄村的群众也都得知了事情的真相，放心地回村来了，连同南铺村的群众把彭德怀围了个里三层外三层。彭德怀亲切地大声对群众说：“乡亲们，今天的误会使你们受了惊吓，对不起啦！但反过来讲，说明你们村里的民兵有着高度的警惕性，而且有胆量，不简单哩！我留给你们 **20** 颗手榴弹，**500** 发子弹，算作误会后的奖赏吧！”

民兵们听了，激动得不知说什么才好，大家对共产党、八路军的佩服与尊敬、拥护与支持更进一步加深了，他们决心认真练好过硬的杀敌本领，齐心协心力抗击顽敌。

思考题

你知道毛主席曾专门为彭德怀将军赋诗一首吗？

答　案

《六言诗·致彭德怀同志》

毛泽东

山高路远坑深，
大军纵横驰奔。
谁敢横刀立马，
唯我彭大将军。

同学们，你们听过《一个真实的故事》这首歌吗？歌中所唱的女孩就是小学五年级语文课本（下册）课文《灰椋鸟》的作者徐秀娟。这是一个与丹顶鹤有着不解之缘的女孩。那一年，为了寻找两只飞失的天鹅，23岁的她永远离开了这个世界。在江苏盐城国家珍禽自然保护区，广播里时常会听到这首动人心弦的叙事歌曲，抒情凄美地向人们诉说着一个“仙鹤姑娘”的真实故事。

丹顶鹤的故事

徐秀娟（1964～1987），出身于驯鹤世家，原籍黑龙江省齐齐哈尔市扎龙自然保护区。17岁开始在扎龙国家自然保护区跟随父母驯养丹顶鹤，曾多次为党和国家领导人作驯鹤表演。

1986年，徐秀娟在林业大学进修结束后应聘来盐城自然保护区工作，担任盐城沿海滩涂自然保护区驯鹤员，创建了江苏省第一个鹤类饲养场。徐秀娟爱鹤如命，整天为鹤避暑、降温、驱蚊而忙碌，并成功地进行了越冬丹顶鹤孵化、饲养、驯养试验。

1987年9月15日中午，丹顶鹤牧仁、黎明在笼子里鸣叫不已，徐秀娟以为它们想出来游玩和戏水，就进去把它们抱出来放进水塘里。不想

牧仁、黎明玩兴大发，先后挣脱绳子飞走了。到了晚上，牧仁被找回来了，黎明还是不见踪影。夜深了，领导让大家回去休息，明天再找。可是徐秀娟放心不下，等大家走了，她一个人摸黑钻进密密的芦苇中，不断呼唤着黎明，可是没找到。这天晚饭她也吃不下，第二天一大早没顾上吃饭就又去找。中午回来喝了半碗稀饭，牵挂着黎明又出了门。到了复堆河，小王、小殷游过了河，徐秀娟快游到江心时，忽然喊了一声“我不行了”，停住了身。对岸的小王、小殷见她脸色苍白，大声喊她退回岸上，见她上岸后，两人才回身继续寻找。徐秀娟回到鹤场心急火燎待不住，又推了一辆自行车，沿河堤绕道北行，想和小王、小殷会合，把黎明尽快找回。不知是由于顶风人累踏不动，还是骑车跌了跤，她又推车来到刚才下水的地方，把车子放倒，连鞋子都没来得及脱又下了水……

人民的好女儿徐秀娟就这样深深沉入复堆河底，再也回不到她亲爱的鹤儿们身边了……

时间过去了 4 个小时，黎明被找回来了，欢天喜地中的人们到处找徐秀娟，不见；呼唤娟子，不应；焦急的人群又冲向了原野……夜沉沉，路漫漫，遍野是人群，到处唤秀娟。当强烈的汽车灯直照水面，人们把娟子从水底托起时，抢救的人群开始是惊慌忙乱，后来想到时间过去太久，已经没有希望了，一片呼唤娟子的哭声，这才忽地震动苍穹掠过草滩。

海滩上，离鹤群不远处，多了一座简单的墓。

娟子已经走了……她死于丹顶鹤之爱……

据说，当第二天村民们从河中打捞出徐秀娟的遗体时，两只丹顶鹤徘徊在她的身边，不停地低下带着红冠的头，用长长的尖喙整理着她湿淋淋的衣服……据说那年清明，一群丹顶鹤行将横空北上时，在徐秀娟墓前久久盘旋……

在盐城国家自然保护区的管理处楼前，有一尊徐秀娟洁白无瑕的雕像，她身旁是几只洁白如玉、头顶一团猩红的丹顶鹤，姑娘用双手亲呢地抚摸着身边的丹顶鹤，是那样的恋恋不舍……

思考题

你听过《一个真实的故事》这首感人肺腑的歌曲吗？

答　案

《一个真实的故事》

【旁白】

有一个女孩 她从小爱养丹顶鹤

在她大学毕业以后 她仍回到她养鹤的地方

可是有一天 她为救那只受伤的丹顶鹤

滑进了沼泽地 就再也没有上来

【歌词】

走过那条小河 你可曾听说

有一位女孩她曾经来过

走过这片芦苇坡 你可曾听说

有一位女孩 她留下一首歌

为何片片白云悄悄落泪

为何阵阵风儿轻轻诉说

还有一群丹顶鹤 轻轻地轻轻地飞过

走过那条小河 你可曾听说

有一位女孩她曾经来过

走过那片芦苇坡 你可曾听说

有一位女孩 她再也没来过

只有片片白云为她落泪

只有阵阵风儿为她诉说

还有一群丹顶鹤 轻轻地轻轻地飞过

只有片片白云为她落泪

只有阵阵风儿为她诉说

还有一群丹顶鹤 轻轻地轻轻地飞过……

小学六年级语文课本（上册）有一篇课文《船长》，它的作者是世界大文豪维克多·雨果。你知道雨果是谁吗？他是法国文学史上最伟大的作家之一，被称为“法兰西的莎士比亚”，其代表作《巴黎圣母院》《悲惨世界》等，给法国文学和人类文化宝库增添了一份十分辉煌的文化遗产。据说雨果从小就喜欢诗歌，他还因为喜欢诗歌跟老师大吵过一架呢！

把我的笔记本还给我

法国作家雨果中学时代是个“诗歌迷”。在他的书桌抽屉里，藏着一大摞写满诗歌的笔记本。他视这些笔记本为宝贝，每当离开教室的时候，总要给抽屉上好锁，唯恐笔记本会“不翼而飞”。

在雨果读书的中学里，有两个思想保守的人物。一个是校长高底埃，另一个是数学老师德高特。他俩都反对学生写诗，认为这是“非分”的事。尤其是那个德高特，经常偷偷监视学生的行动。只要发现哪个学生稍有“不轨”，准要到高底埃校长那儿去告上一状。

有一天晚上，雨果突然发现自己书桌的锁被人撬开了，笔记本一本也不见了。他大惊失色，急得直跺脚，心想：这事准是讨厌的德高特干的。

雨果果然没有猜错。第二天一早，他被人叫进校长办公室。一进门，只见高底埃和德高特正襟危坐，脸色阴沉，桌子上放着一摞笔记本。没等雨果开口，德高特先质问起来："学校曾三令五申，学生不准写诗。你怎么胆敢违抗呢?"

"可谁允许你撬别人的锁?"雨果反问一句。

德高特简直不相信自己的耳朵了，没想到小小的雨果竟敢和自己顶嘴。

"你想被学校开除吗?"德高特怒气冲冲地说.

"把我的笔记本还给我!"雨果寸步不让。

高底埃和德高特面面相觑。他们心中火冒三丈，但又不想把矛盾激化。"拿走你的笔记本吧!"高底埃无可奈何地说，接着，又讲了一套学生应当循规蹈矩的大道理。但雨果仍然认为，学生写诗是没有错的。他拿起桌上的笔记本，一言不发地离开了校长办公室。

思考题

你知道课文《船长》改编自雨果的哪一篇小说吗?

答　案

短篇小说《"诺曼底"号遇难记》

小学六年级语文课本（上册）有一篇课文叫《一本男孩子必读的书》，作者是著名儿童文学作家杨红樱。对于杨红樱，你一定不陌生，你一定读过她的《女生日记》《男生日记》《五·三班的坏小子》《漂亮老师与坏小子》《淘气包马小跳系列》中的一本或是几本，也一定对她笔下塑造的众多人物形象印象深刻。那么，你知道这位深受大家喜爱的“童话皇后”是如何走上她的儿童文学创作之路的吗？让我们一起去看看吧！

“童话皇后”杨红樱

杨红樱出生在成都市一个知识分子家庭。18 岁从一所中等师范学校毕业后，杨红樱成了一名小学语文老师。那时的她经常穿着一条白色连衣裙，长发飘飘，像一个美丽的白雪公主。

杨红樱给孩子们上一周一次的阅读课，但课外读物少，那时候郑渊洁还没出来。为了丰富学生的阅读素材，杨红樱索性自己写起了童话。上课时，杨红樱把自己写的故事夹在书本里面念，看孩子们是否喜欢。没想到，小朋友都着了魔一样期待上阅读课。

“我因此自信了，告诉小朋友这是我自己写的，他们问，那您为什么不拿去印成铅字呢?”在孩子们的鼓励下,杨红樱鼓起勇气,把她的第一篇科普童话《穿救生衣的种子》投到上海的一家杂志,没想到很快就发表了,还得了12元的稿费。这让她信心大增。

随后,杨红樱陆续写下了《背着房子的蜗牛》《森林谜案》等作品,在不经意间,善良、纯真、正义、诚信、感恩、友情、快乐等真善美的价值观,悄然浸透着孩子们的心田。

1987年,杨红樱带的这个班小学毕业,她也因为不断发表文章被调到成都出版社做起了童书编辑。她在出版社做了七年,学会了辨认纸张、使用电脑等业务,同时也在进行着童书创作,逐渐成为一名专业的儿童读物作家。

从2002年下半年开始,杨红樱开始创作自己写作以来最大胆、最漫长的一个系列:淘气包马小跳系列。这是她第一次以一个核心人物——一个正在上小学三年级的小学生形象为核心,精心构建的一部长篇少儿系列小说。

沉浸其中,最先跳出来的,自然是那个名叫马小跳的小家伙。于是,杨红樱这样描写马小跳的诞生:最先的感觉是硬邦邦,然后又是冷冰冰——这是哪儿啊?跟妈妈的温暖肚子相比,这里的情况有点糟糕——马小跳拒绝睁眼,拒绝哭,其实是护士小姐在给他称体重。于是,马小跳开始跳。可一个小东西再跳,还能怎样?只是新生婴儿专用秤上的指针来回晃荡,总也无法确切显示这个小家伙到底有多重啊!

后来,马小跳的爸爸把原来的名字废掉,重新给他起了一个现在的名字——马小跳在杨红樱笔下,这个不安分、很淘气、爱搞恶作剧的小男生开始了自己五彩斑斓、五味俱全的成长喜剧。

杨红樱把自己的创作能力归功于小时候“陪爸爸玩”。事实上,杨红樱的父亲正如她在《淘气包马小跳系列》中描写的马小跳的爸爸一样：贪玩，热爱生活。

当爸爸带着小杨红樱在碧波荡漾的人工湖里划船时，也许他不会知道，女儿单纯的心灵能感受到露珠在荷叶上滚动的声音；当爸爸兴致勃勃骑着自行车驮着女儿赶 30 里路去郊外采摘时，也一定不会料到，沿途那色彩鲜艳大片大片的花朵，在女儿心中留下了怎样明媚的底色；当他从剧场看完样板戏出来，怀抱早已熟睡的女儿，更不会想到，有一天她会成长为超级畅销书的知名作家。

对于将来，这位“童话皇后”说得很简单，就是继续写对孩子有益的书，继续做破解童心密码的使者。为孩子们，也为自己得到幸福和快乐！

思考题

你最喜欢杨红樱作品中的哪一个人物形象呢？

记忆经典

小学六年级语文课本（上册）有一篇语言十分优美的课文《草原》，作者是著名作家老舍先生。老舍原名舒庆春，字舍予，是杰出的语言大师，也是新中国第一位获得“人民艺术家”称号的作家，他的代表作《骆驼祥子》《茶馆》等都深受人民的喜爱。老舍的文学语言通俗简易，朴实无华，幽默诙谐，具有较强的北京韵味，这和他小时候的生活经历有很大的关系。

穷要穷出志气来

在北京的西城，有一个小胡同，叫“小羊圈胡同”。“小羊圈胡同”非常小，全是低矮的草棚一样的房子，住的老百姓都是些穷苦人家。每逢刮风下雨，小胡同里低洼的地方就成了水塘。冬天，这里奇寒无比，屋里和屋外一样冷，缸里的水常常冻得结成冰。这里的老百姓吃的东西，常常是盐拌小葱，冬天是腌白菜帮子，有的人家长年只能从菜市场里找些烂菜叶子。

1899 年 2 月 3 日，中国现代文学史上的代表人物老舍就降生在这个小胡同里。老舍上面有 4 个姐姐和 3 个哥哥，他最小。由于生活艰苦，长大成人的只有 5 个——大姐、二姐、三姐、三哥和老舍。老舍出生时是狗年，姑母就给他起了个很不好听的名字——小狗尾巴。老舍的妈妈靠拼命地给人洗衣裳，来养活一大家人。由于长年地洗衣裳，妈妈的手始终都是鲜红和微肿的。而晚上，她还要在一盏小煤油灯下，做白天接下来的缝纫活。过年了，老舍喜欢到大街上看人家放焰火，看人家穿新衣、戴新帽。每当他看到街上谁家又宰了两头大猪，谁家又弄了一大筐冬天看不到的水果，妈妈总是说："孩子，我们家的饺子肉少菜多，是北京城最好吃的，不要去看人家的了。别看咱们家穷，可咱们要穷出志气来，让别人看到咱的腰不是泥做的，硬着呢。""穷要穷出志气来"，这句话从小就深深地印在了老舍的心里。

老舍上小学那年，已经出嫁多年的姐姐，给小弟弟做了一双新袜子。他兴高采烈地给老舍穿上了，看着弟弟一蹦三跳地去上学了。可是弟弟放学回来时，她发现弟弟的脚上却是空空的。她问老舍："弟弟，你的新袜子呢？"老舍从书包里掏出那双新袜子，说："老姐，我一出校门就脱掉了，我怕穿坏了。我上学时穿，放学了就脱掉。姐姐，我要和那些有钱人家的孩子比学习，不是比阔气。"

第二天上学，老舍仍穿着以前穿的旧袜子，头抬着上学去了。走着走着，老舍想：我把鞋也脱下来，不就可以少磨些鞋底吗？于是，大街上多了一个光着脚走路的小小读书郎。一天中午放学回到家，老舍问正在洗衣服的妈妈说："有没有吃的？"妈妈正在洗衣裳，头也没抬地说："没有啊，我还没有时间做呢。"老舍听了，扭头又回学校去了。中午当别的孩子在玩耍，在家里吃饭的时候，他一个人在教室里埋头写作业，头也不抬地写，他希望这样能让自己忘记饥饿。下午上课，他仍然若无其事地和同学有说有笑。穷人的孩子特别看重自己的尊严，他不希望自己因为贫穷而被人看不起。

"宝剑锋从磨砺出，梅花香自苦寒来。"老舍在艰苦的生活环境中培养了勤俭节约的精神，树立了远大的志向。当他功成名就之后，仍然保持着勤俭的好习惯。一次，朋友邀请他参加一个舞会。舞会是一个隆重的场合，穿着自然要讲究一些，可是老舍只有两套灰布中山装，洗过几次后，就显得旧了，穿在身上像个清洁工。老舍就穿着这套衣服进了舞会，他对投来不解目光的朋友说："对不起了，这已经是我最好的衣服了。"

老舍已是中国的大文豪，但他依然那么的勤俭，那么的廉洁。这都是儿时培养了勤俭节约的精神，并伴随了他的一生。

思考题

老舍因哪部作品获得北京市人民政府颁发的"人民艺术家"称号？

答　案

《龙须沟》

小学六年级语文课本（上册）有一篇课文《给家乡孩子的信》，是著名作家巴金爷爷写给家乡孩子的信，信里饱含了对家乡孩子真诚的关怀和亲切的勉励。巴金，原名李尧棠，字芾甘，是中国杰出的现代文学家、出版家、翻译家，同时也被誉为是“五四”新文化运动以来最有影响力的作家之一，是20世纪中国杰出的文学大师、中国当代文坛的巨匠。2005年10月17日，巴金在上海逝世，享年101岁，被人们誉为“世纪老人”。让我们一起去看看这位世纪老人是怎样教育他的儿子的吧！

你是巴金的儿子？

1993年，巴金90岁生日时，上海市政协主席陈铁迪来访。走进巴金寓所，陈铁迪看到自己属下的工作人员李小棠，便有点奇怪地说了一句：“你怎么也来了？”这时，有人赶紧告诉她：小棠是巴金的儿子。

“什么？你是巴金的儿子？我怎么不知道？”陈铁迪听了，惊异地问道。

陈铁迪当然不知道。在小棠身上，一点也看不到名人之后的影子。他自己也从来不在别人面前提起父亲。在这个家里，凡需要“出头露面”的事，小棠一概推到了姐姐小林的身上，他总是躲在幕后。巴金年迈后，出访时需要家人陪伴左右，方便照料，这时也都是姐姐出面，他从不参与。总之，在以巴金为主的公众活动中，是难以看到小棠的身影的。以至于，有人开玩笑地说：“见小棠比见巴金都难。”

小棠在复旦大学读书 4 年，学校许多领导都不知道他是巴金的儿子。毕业分配时，很多人为子女能分到一个好单位，这里托人，那儿找人，千方百计搞关系，走后门。惟有巴金，没有跟任何人打过招呼。小棠的很多同学，这个留在了学校，那个到了中央大单位，这个进了报社，那个去了电视台……通俗点说，在那时，很多人分配的工作都比小棠好。而小棠来到上海市政协文史室工作，这一干就是 20 多年，没有一点怨言。

在儿子的身上，可以看到巴金的许多影子。和父亲一样，小棠外表沉稳，不善言谈，不喜张扬，但不乏幽默。有一年，巴金在杭州休息，小棠去看父亲，钱包不慎在火车上被人扒了。到了巴金住所，小棠说了钱包被偷的事，完了，把手一摊，对巴金说：“老巴金，赔我钱。”巴金可不“糊涂”，说道：“你的钱被人偷了，为啥子要我赔？”“我是来看你，才被人偷的。我没有钱，要你赔。”小棠“强词夺理”。巴金“回敬”道：“你多写几部电视剧，钱就有了。”看着他们父子俩“唇枪舌剑”，一旁的工作人员都乐了。

思考题

著名的“激流三部曲”是指巴金的哪三部作品？

答 案

《家》《春》《秋》，其中《家》是巴金的代表作，也是我国现代文学史上最卓越的作品之一。

小学六年级语文课本（上册）有一篇课文叫《鞋匠的儿子》，讲述了美国总统林肯的故事。林肯是美国第16任总统，著名演讲家、律师，他臂力过人，谦虚谨慎，幽默风趣，有“卓越的演讲家”之誉。林肯领导了对南方奴隶制度的战争，颁布了《解放黑人奴隶宣言》，维护了联邦统一，使美国进入经济发展的黄金时代，被称为“伟大的解放者”。下面我们就一起来读一个关于林肯追逐梦想的故事吧！

梦想的鞋子

圣诞节前夕，已经晚上**11**点多了，街上熙熙攘攘的人群稀疏了许多，偶尔还有匆匆忙忙往家赶的人，穿行在霓虹灯下浓浓的节日氛围里。新的一年又要来了！

“感谢上帝，今天的生意真不错！”忙碌了一天的史密斯夫妇送走了最后一位来鞋店里购物的顾客后由衷地感叹道。透过通明的灯火，可以清晰地看到夫妻二人眉宇间那锁不住的激动与喜悦。是该打烊的时间了，史密斯夫人开始熟练地做着店内的清扫工作，史密斯先生则走向门口，准备去搬早晨卸下的门板。突然，他在一个盛放着各式鞋子的玻璃橱前停了下来，透过玻璃，他发现了一双孩子的眼睛。

史密斯先生急忙走过去看个仔细：这是一个捡煤屑的穷小子，约摸八九岁光景，衣衫褴褛且很单薄，冻得通红的脚上穿着一双极不合适的大鞋子，满是煤灰的鞋子上早已“千疮百孔”。他看到史密斯先生走近了自己，目光便从橱子里做工精美的鞋子上移开，盯着这位鞋店老板，眼睛里饱含着一种莫名的希冀。史密斯先生俯下身来和蔼地搭讪道：“圣诞快乐，我亲爱的孩子，请问我能帮你什么忙吗？”

男孩并不作声，眼睛又开始转向橱子里擦拭锃亮的鞋子，好半天才应道：“我在乞求上帝赐给我一双合适的鞋子，先生，您能帮我把这个愿望转告给他吗？我会感谢您的！”正在收拾东西的史密斯夫人这时也走了过来，她先是把这个孩子上下打量了一番，然后把丈夫拉到一边说：“这孩子蛮可怜的，还是答应他的要求吧？”史密斯先生却摇了摇头，不以为然地说：“不，他需要的不是一双鞋子，亲爱的，请你把橱子里最好的棉袜拿来一双，然后再端来一盆温水，好吗？”史密斯夫人满脸疑惑地走开了。

史密斯先生很快回到孩子身边，告诉男孩说：“恭喜你，孩子，我已经把你的想法告诉了上帝，马上就会有答案了。”孩子的脸上这时开始漾起兴奋的笑窝。

水端来了，史密斯先生搬了张小凳子示意孩子坐下，然后脱去男孩脚上那双布满尘垢的鞋子，他把男孩冻得发紫的双脚放进温水里，揉搓着，并语重心长地说：“孩子呀，真对不起，你要一双鞋子的要求，上帝没有答应你，他讲，不能给你一双鞋子，而应当给你一双袜子。”男孩脸上的笑容突然僵住了，失望的眼神充满不解。

史密斯先生急忙补充说：“别急，孩子，你听我把话说明白，我们每个人都会对心中的上帝有所乞求，但是，他不可能给予我们现成的好事，就像在我们生命的果园里，每个人都追求果实累累，但是上帝只能给我们一粒种子，只有把这粒种子播进土壤里，精心去呵护，它才能开出美丽的花朵，到了秋天才能收获丰硕的果实；也就像每个人都追求宝藏，但是上帝只能给我们一把铁锹或一张藏宝图，要想获得真正的宝藏还需要我们亲自去挖掘。关键是自己要坚信自己能办到，自信了，前途才会一片光明啊！就拿我来说吧，我在小时候也曾企求上帝赐予我一家鞋店，可上帝只给了我一套做鞋的工具，但我始终相信拿着这套工具并好好利用它，就能获得一切。20 多年过去了，我做过擦鞋童、学徒、修鞋匠、皮鞋设计师……现在，我不仅拥有了这条大街上最豪华的鞋店，而且拥有了一个美丽的妻子和幸福的家庭。孩子，你也是一样，只要你拿着这双袜子去寻找你梦想的鞋子，义无反顾，永不放弃，那么，肯定有一天，你也会成功的。另外，上帝还让我特别叮嘱你：'他给你的东西比任何人都丰厚，只要你不怕失败，不怕付出！'"

脚洗好了，男孩若有所悟地从史密斯夫妇手中接过"上帝"赐予他的袜子，像是接住了一份使命，迈出了店门。他向前走了几步，又回头望了望这家鞋店，史密斯夫妇正向他挥手："记住上帝的话，孩子！你会成功的，我们等着你的好消息！"男孩一边点着头，一边迈着轻快的步子消失在夜的深处。

一晃 30 多年过去了，又是一个圣诞节，年逾古稀的史密斯夫妇早晨一开门，就收到了一封陌生人的来信，信中写道：

尊敬的先生和夫人：

您还记得 30 多年前那个圣诞节前夜，那个捡煤屑的小伙子吗？他当时乞求上帝赐予他一双鞋子，但是上帝没有给他鞋子，而是别有用心地送了他一番比黄金还贵重的话和一双袜子。正是这样一双袜子激活了他生命的自信与不屈！这样的帮助比任何同情的施舍都重要，给人一双袜子，让他自己去寻找梦想的鞋子，这是你们的伟大智慧。衷心地感谢你们，善良而智慧的先生和夫人，他拿着你们给的袜子已经找到了对他而言最宝贵的鞋子——他当上了美国的第一位共和党总统。

我就是那个穷小子。

亚伯拉罕·林肯

思考题

美国历史上公认的最有作为的三位总统是谁?

答　案

第一任总统华盛顿，第十六任总统林肯，第三十四任总统罗斯福。华盛顿建立了美国这个国家，林肯让美国走向了统一，罗斯福带领美国人民打败了经济危机和法西斯。

小学六年级语文课本（上册）有一篇课文叫《詹天佑》，讲述了我国杰出的爱国工程师詹天佑不怕困难、身先士卒，修筑京张铁路的故事。其实，早在詹天佑在美国留学时，他就已经下定决心，要为祖国争气，再也不让外国人嘲笑我们中国人。让我们赶紧去读读下面的这个关于詹天佑的小故事吧！

珍贵的皮箱

1881年，詹天佑从美国留学回来。归途中，他满怀希望，准备为祖国效劳。在轮船的甲板上，他提着一只小皮箱，陷入沉思……

耶鲁大学的毕业晚会开始了，校园里到处是音乐、鲜花、美酒。可是詹天佑并没有去参加舞会，他来到老师罗索夫人的办公室，聆听老师的临别叮咛。罗索夫人说："我衷心地祝贺你出色地完成了学业！"接着，她拿起一只小皮箱，又说："这个箱子里装着修铁路的资料，是我多年来搜集的，现在就送给你吧。希望你能好好利用它，为自己的祖国做出贡献。"詹天佑紧紧握着老师的手，激动地连声道谢。

想到这里，詹天佑的脸上露出了微笑，他轻轻地抚摸着这只珍贵的小皮箱，深深地怀念老师的崇高友谊。忽然，詹天佑怒目远望，屈辱的心事涌上心头。

这是美国诺哈夫中学的一堂地理课，黑板上垂挂着屏幕，放着幻灯，詹天佑正在听课。

屏幕上出现了铁路、火车、满载的货物、肥沃的土地。老师开始讲解：这是十九世纪七十年代最新式的火车。目前，美国和欧洲已把它作为重要的交通工具……幻灯片换了，出现的是另一幅景象：贫瘠的土地、枯瘦的农民、老牛破车在缓缓地前进。老师说："这样的车子、这样的速度、国家落后，人民贫穷……"

具有强烈民族自尊心的詹天佑痛心而惭愧地低下了头。

下课以后，詹天佑依然坐在那里默默不语。一个美国学生走过来，讥讽地对詹天佑说："那老牛破车是哪个国家的？"詹天佑不予理睬。那个学生又咄咄逼人地说："高才生，怎么连这个问题也回答不出来？"詹天佑忽然站起来说："是我们国家，但，那只是暂时的！""哈哈哈……"在一阵哄笑中，另一个学生说："听说大帝英国在中国修了一条铁路，可你们的皇帝却硬说那是怪物，把它拆了，扔到河里去了。""哈哈哈……"又是一阵哄笑。詹天佑怒视着这一群傲慢的洋学生，强忍屈辱，愤然离开了教室。

"呜……"汽笛声打断了詹天佑的沉思。轮船靠岸了，他望着岸上同胞的亲切笑脸，兴奋地踏上了祖国的土地。

思考题

詹天佑被称为什么？

答　案

中国铁路之父

小学六年级语文课本（上册）有一篇课文《钱学森》，透过课文，我们看到了“中国导弹之父”钱学森的一颗拳拳报国之心。的确，在钱学森的心里，“中国才是我永远的家”，为了回到自己魂牵梦绕的祖国，钱学森可以说是历尽周折。

中国才是我永远的家

1949 年 10 月 1 日，新中国的成立使客居美国的钱学森心潮澎湃，10 多年的辛勤准备，终于到了报效祖国的时候。钱学森激动地对夫人蒋英说：“祖国已经解放，我们该回去了。”

那时，钱学森已经是世界著名科学家，夫人蒋英也在音乐界享有声誉。但祖国的召唤，使他们毫不犹豫地放弃了优越的一切，毅然决定立刻回到祖国的怀抱。

1950 年 8 月，钱学森一家人准备乘坐加拿大班机离开美国。但是，美国国防部以莫须有的罪名通过海关扣留了他。之后，美国司法部签署了逮捕令，钱学森失去了自由。

在美国工作的 10 多年间，钱学森为美国航空和火箭技术的发展做出了重要贡献。美国专栏作家密尔顿 · 维奥斯特曾写道：“钱是帮助美国成为世界第一流军事强国的科学家银河中一颗明亮的星。”因此，当得知钱学森要回国时，美海军部副部长立即给司法部打电话：“无论如何都不要让钱学森回国，他太有价值了！”“宁可毙了他，也不要放他回国。”

钱学森没有屈服。在失去自由的日子里，他一方面继续着自己的科学研究，一方面坚持斗争，寻找回国的时机。1955 年 5 月，他从海外华人报纸上看到一则关于中国庆祝“五一”劳动节的报道，其中有他家熟悉的世交陈叔通和毛主席一起在天安门城楼检阅游行队伍的消息。

钱学森立即给陈叔通写了一封请求祖国帮助他回国的信，夹在蒋英写给她在比利时的妹妹的信里，悄悄地寄了出去。陈叔通接到信的当天，就把信送交给了周恩来总理。当时，中美正在日内瓦举行大使级会谈。王炳南大使根据总理的指示与美方交涉。开始，美方不承认扣留了任何中国公民，但当王大使拿出钱学森的信时，美方才哑口无言。最后，美国政府只得无奈地允许钱学森回国。

在美国的 20 年里，钱学森一直保留着中国国籍。他回忆说：“我在美国那么长时间，从来没想过这一辈子要在那里待下去。我这么说是有根据的。因为在美国，一个人参加工作，总要把他的一部分收入存入保险公司，以备晚年之后用。我一块美元也不存，许多人感到奇怪。其实没什么奇怪的，因为我是中国人，根本不打算在美国住一辈子。”

1955 年 9 月 17 日，广阔无垠的太平洋上，一艘巨轮正劈波斩浪，钱学森终于实现了自己多年的夙愿，踏上了归国的航程……

思考题

你知道“三钱”是指哪三个人吗？

答　案

“三钱”专指中国导弹之父钱学森、中国力学之父钱伟长、中国原子弹之父钱三强，

小学六年级语文课本（上册）有一篇课文《青海高原一株柳》，作者是中国当代著名作家陈忠实。陈忠实，一个厚积薄发的作家，1993年，以长篇小说《白鹿原》一举成名，1997年，荣获中国长篇小说最高荣誉——第四届茅盾文学奖。在中国，陈忠实作为文学符号的存在大家都已不再陌生。那么，这位著名作家、奥运火炬手，对人生有着怎样独特的感悟呢？让我们一起去看看吧！

人生如蒸馍

陕西的朋友在第一时间打来电话说：“陈忠实当上了陕西段的奥运传递火炬手了！”我听后的第一反应是：老陈平时走路都是慢吞吞的，手里还总要拿着那粗大的雪茄烟，他竟然能手持火炬在成千上万人的欢呼声中，在无数个摄像机的拍摄中，在数不清的镁光灯闪烁中跑下来那200米吗？他也是六十多岁的人了。

陕西的朋友听后大笑不止。

这时我才意识到，我的猜测是错误的！作为陈忠实的朋友，我绝对不应该在这么庄严的事情上怀疑老陈的意志和信心。于是我马上到网上看新闻。陈忠实说：“这200米，我想要自由自在地跑，将用自己的人生经历为奥运添上精彩的一笔。这 200 米，绝不是一般的跑步，这是无上的幸运和荣耀。整个火炬的传递就是为了把整个世界连接在一起，这简直太不平凡了。而我作为其中平凡的一员，能够参与整个世界的连接，感到十分激动。"

此时我能理解陈忠实这朴素话语的意义。这与他当年的小说《白鹿原》出版时的心情一样：复杂、自信、激动、感慨；以及多年来自己内心世界与现实空间的抗衡和对峙、自己在文学创作中高峰和低谷期的痛苦、思想的波动等，一时间会同时涌现。

而对人生的感悟，陈忠实可以用最简单直观的语言来描述："人生如蒸馍：馍蒸到一半，最害怕啥？最害怕揭锅盖。因为锅盖一揭，气就放了，所以，馍就生了。"

陈忠实将作为文艺界的代表成为陕西段的火炬手，为 2008 北京奥运传递圣火的消息一经传出，朋友们都为他感到荣幸！想象和期待着陈忠实手持火炬，激情地跑在古城西安的路上的那一刻。

思考题

你还知道哪些作家获得过茅盾文学奖吗？

答 案

莫言、毕飞宇、贾平凹、路遥等

小学六年级语文课本（下册）有一篇课文《聂将军与日本小姑娘》，讲述了聂荣臻将军与两个日本孤女的故事。大家都知道，聂将军是中国无产阶级革命家、军事家，中国人民解放军的创建人和领导人之一，但你们一定不知道，聂将军小时候也是个“小调皮”呢！

背书保鱼竿

聂荣臻从小就十分喜欢钓鱼。那是 1910 年初夏的一天，吃过午饭后时间还早，聂荣臻拿起鱼竿，在石院子门前的池塘钓起鱼来。雨过天晴，鱼儿特别容易上钩，不一会儿就钓起了三条白晃晃的鲫鱼。

“荣臻，快！老师叫我来找你，他在发你脾气了！”突然，同学罗雨苍气喘吁吁地跑过来喊道。

“糟糕，只顾钓鱼误上学了。”聂荣臻赶紧收起鱼竿，抓起鱼桶，急急忙忙地和罗雨苍一起往学校跑去。塾师是位前清秀才，对学生要求非常严格。荣臻和雨苍一口气跑到私塾馆门口，才发觉不该把鱼竿带来，可后悔已晚了。老师看见荣臻手里的鱼竿和鱼桶，一切都明白了。他严厉地说道：“不遵塾规，荒废学业，上课时间竟去钓鱼玩耍！你呀！简直是虚度年华，快把东西缴上来！”教室里静得

出奇，同学们都关切地注视着聂荣臻。聂荣臻低着头，无可奈何地递上鱼桶。“把鱼竿也缴上来！”老师厉声说道。正在气头上的老师，顺手把鱼桶“哐啷”一声丢到门外，接着就要折断鱼竿。“老师！不要折！这是我妹妹最喜欢的东西，我求求您！”荣臻上前一步拖住鱼竿恳求道。

聂荣臻为何如此拼命地保护这根鱼竿呢？原来这根鱼竿凝聚着妹妹的一片真情。这根鱼竿，是妹妹陪着他在外祖父的斑竹林里千挑万选砍来的。为了选它，兄妹俩在竹林中转了半天，妹妹的衣服刮破了，脸也刮伤了。砍回家后，妹妹又帮着哥哥在桐油灯上细心地熏烤、校直，妹妹额前那绺漂亮的刘海儿也不慎被火苗烤焦了。这是多么珍贵的一根鱼竿啊！聂荣臻的人缘一向很好，许多同学都帮着为他求情。面对平时学习认真的学生聂荣臻的恳求，以及众多同学的求情，老师的心软了，但他却开出了一个条件：“要想拿回鱼竿也行，但我要抽背书，无论新课旧课，必须一句不错，一字不差。”同学们听了，都觉得这条件太苛刻。荣臻恭敬地站起来，爽快地答应了老师的条件：“老师，您抽吧！”

老师连抽三课，荣臻倒背如流。他又再抽五篇，其中三篇是新课，荣臻又背得篇篇无误。老师知道荣臻天资聪颖，但却没想到有如此惊人的记忆力，意外中不由得露出了喜爱和赞许的神色。同学们也被聂荣臻的表现深深打动了，有的还鼓起掌来。“你的课文背得不错，但学习不能骄傲，更不能贪图玩耍而误了学业！”说完，老师当众把鱼竿还给荣臻。“谢谢老师教诲！”荣臻毕恭毕敬地给老师行了个礼，高兴地拿回了珍贵的鱼竿。

思考题

你知道日本人民称聂将军什么吗？

答　案

“活菩萨”“中日友谊的使者”

小学六年级语文课本（下册）有一篇课文叫《最大的麦穗》，讲述了古希腊大学者苏格拉底教育他的弟子必须善于抓住眼前机遇的故事。苏格拉底是古希腊著名的哲学家，他被后人广泛认为是西方哲学的奠基者。苏格拉底一生没有留下任何著作，但他对于后世的影响却是巨大而深远的。关于苏格拉底，流传着许多睿智的小故事，而下面的这个，和我们的课文有着异曲同工之妙。

选　　择

几个学生向苏格拉底请教人生的真谛。

苏格拉底把他们带到一片果林边。这时正是果实成熟的季节，树枝上沉甸甸地挂满了果子。

“你们各自顺着一行果树，从林子的这头走到那头，每人摘一枚自己认为最大最好的果子。不许走回头路，不许做第二次选择。”苏格拉底吩咐说。

学生们出发了。在穿过果林的整个路程中，他们都十分认真地进行着选择。等他们到达果林的另一端时，老师已在那里等着他们了。

“你们是否都选择到自己满意的果子了？”苏格拉底问。

学生们你看看我，我看看你，都不肯回答。

“怎么啦，孩子们，你们对自己的选择满意吗?”苏格拉底再次问。

“老师，让我们再选择一次吧!”一个学生请求说，“我刚走进果林时，就发现了一个很大很好的果子。但是，我还想找一个更大更好的。当我走到林子的尽头后，才发现第一次看见的那枚果子就是最大最好的。”

另一个学生紧接着说：“我和师兄恰巧相反。我走进果林不久就摘下了一枚我认为是最大最好的果子。可是以后我发现，果林里比我摘下的这枚更大更好的果子多的是。老师，请让我再选择一次吧!”

“老师，让我们都再选择一次吧!”其他学生一起请求。

这时，苏格拉底坚定地摇了摇头说：“孩子们，没有第二次选择。人生就是如此。”

思考题

“希腊三贤”是指哪三个人?

答　案

苏格拉底和他的学生柏拉图，以及柏拉图的学生亚里士多德.

在小学一年级语文课本（下册）《吃水不忘挖井人》和三年级下册《菩萨兵》的课文中，都提到了我们敬爱的朱德总司令。朱德同志一生战绩卓著，位列中国十大元帅之首，是一位伟大的无产阶级革命家、政治家和军事家。其实，关于朱德总司令，还有一个非常有意思的小故事呢！

朱德的扁担

1928 年，朱德同志带领一支红军队伍，到达井冈山，与毛主席会师。

由于敌军的严密封锁，当时，井冈山革命根据地的食盐、布匹、药材和粮食等物品奇缺，红军官兵们的生活十分困难。为了解决吃饭问题，红军发起了下山挑粮运动。当时，根据地周围的地势十分险要，上山下山的路都非常难走。可是，朱德同志却不怕辛苦，经常和战士们一块儿去挑粮，一天往返 50 千米，也从无怨言。他总是穿着一双草鞋，挑起满满的一担粮食，走起路来稳健利落，脚步如风，年轻力壮的小伙子也常被他甩得老远。

战士们都打心眼里敬佩朱德同志，但又很心疼他。是呀！那时候朱德同志已经是四十开外的人了，每天为革命日理万机，还要翻山越岭去挑粮，累倒了怎么办？大家私底下一合计，干脆想了个点子，把朱德同志的扁担给藏了起来。大家心里想：没了扁担，看你拿什么挑？没想到的是，朱德同志找不到扁担，心里很着急，他竟然买来一根毛竹，自己动手，连夜做起了扁担。为了防止战士们再把他的扁担藏起来，他还在扁担上面刻了“朱德记”三个大字。

第二天，天一亮，挑粮的队伍又出发了，出乎战士们意料的是，朱德同志仍然稳稳当当地走在战士们中间。大家没想到把他的扁担藏起来，他居然自己亲手做了一根扁担来挑粮，不由感到又惊奇，又崇敬，而崇敬之余更增添了几分干劲，跟着朱德同志挑粮挑得更欢了。从此，《朱德的扁担》这个故事就在井冈山传开了。

思考题

你知道我国十大元帅还有谁吗？

答　案

彭德怀、林彪、刘伯承、贺龙、陈毅、罗荣桓、徐向前、聂荣臻、叶剑英小学六年级语文课本（上册）有一篇课文《夹竹桃》，作者是头顶“国学大师”“学界泰斗”和“国宝”三项桂冠的一代宗师季羡林。季羡林的一生跨越了两个世纪，历经清朝、旧中国、新中国三个不同的历史时期，他有语言学家、翻译家、教育家、宗教学家和民族学家等众多称号，掌握了英语、德语、法语、俄语、希腊语等共 12 种外语，他还是中国现代东方学科的开创者和奠基人，真正是博学多才，令人惊叹！“斯人已去，风范永存，阅尽沧桑，大彻大悟。国学大师，平凡布衣，件件小事，还其本真。”让我们一起去看看季老小时候的故事吧！

爱读闲书的季羡林

六岁之前的季羡林，是在贫穷的农民家中度过的，很难得吃上一份白面。那时候，国人刚推翻清朝政府，神州大地，一片混乱。

上私塾的时候，季羡林跟几个要好的小伙伴玩得很融洽。同龄儿童有钱买书，能读《百家诗》《千字文》，他却不能。他说，童年的这段苦难生活，让他一生受益。

叔父带季羡林到济南去以后，他学习上不是很用功，玩的时候多，念书的时候少。不过，在三年之内，曾考过两个甲等第三名，两个乙等第一名，总起来看，属于上等，但并不拔尖。当时，季羡林班上考甲等第一的同学叫李玉和，年年都是第一。他比季羡林大五六岁，好像已经很成熟了，死记硬背，刻苦努力，天天皱着眉头，不见笑容，也不同大家打闹。季羡林当时胸无大志，并没有想要得到状元，而且对这个学长有点瞧不起的意思，觉得他非属自己的族类。

季羡林对正课不感兴趣，却十分喜欢读“闲书”。所谓“闲书”，就是旧小说。季羡林的叔父是个古板人，不允许他看这类书。可季羡林面对桌上的《四书》很少理会，对《彭公案》《济公传》《西游记》《三国演义》等旧小说却是情有独钟。当时，对于季羡林来说，《红楼梦》大概太深，季羡林看不懂其中的奥妙，黛玉哭哭啼啼的样子，他也不喜欢，自然看不下去。其余的小说，季羡林都看得津津有味。不过，只要一见叔父进来，他马上装模作样地念起“子曰”“诗云”来，不让叔父发现他在偷看“闲书”。

季羡林对旧小说中的绿林好汉非常熟悉，对于他们的姓名，季羡林能背得滚瓜烂熟，甚至连他们每一个人用的兵器也如数家珍。季羡林颇想有一个铁砂掌，希望用五指一戳，就能戳断树木。于是，季羡林猛练了起来，结果把指头戳破了，鲜血直流，也没练成功。后来，季羡林终于知道自己与它无缘，这才罢休。

三年后，季羡林小学毕业了。在他十三岁那年，考上了城里的正谊中学。

思考题

你知道季羡林翻译的著名的印度史诗是哪一本吗？

答 案

《罗摩衍那》

小学六年级语文课本（上册）习作中的范文《爸爸逗我玩》是著名作家钱钟书的女儿所写，透过字里行间，我们感受到了这位大作家的一颗赤子之心，也感受到他和女儿之间浓浓的父女情。钱钟书先生学贯中西，才华横溢，以自己的学识修养被大家公认为当今学界泰斗、文化巨人。如同所有有成就的杰出人物一样，在钱钟书先生身上，也发生过无数的逸闻趣事。

钱钟书摔镜验典

钱钟书是我国现代著名作家、文学研究家，他治学严谨，求真务实，曾经在文坛上留下许多佳话，尤其是他摔镜验典的故事更是为许多人称道。

20 世纪 70 年代，钱钟书开始着手《管锥编》的撰著，其间，他阅读了大量的古代典籍，对每本书所载内容都进行详尽缜密的考疏。

一天，他翻阅《太平广记》，当看到《杨素》篇中“破镜重圆”的典故时，钱钟书起了疑惑：“古代铜镜应该很结实的呀，怎么能一分为二呢?”钱钟书在书房里踱来踱去，百思不得其解。忽然，他抬头看到了书柜上的一面镜子，顺手拿起一看，钱钟书乐了，“咦，这不就是面铜镜吗？我可以试试呀，看能不能摔破。”没有丝毫的犹豫，钱钟书举起铜镜就往地上摔。铜镜在水泥地上打了个滚，骨碌滚到了书桌下边。

钱钟书正要去捡，夫人杨绛听到响声跑了进来，问他：“什么东西掉地上了，这么大动静？”钱钟书朝书桌下努努嘴。看到是铜镜掉在书桌下，杨绛赶紧弯腰捡起来，递给钱钟书，问他：“这铜镜怎么会掉地上，这可是你的宝贝呀！”钱钟书顾不上回答，急着察看铜镜是否摔破。左看右看，除了有一些磕碰的痕迹，铜镜并没有裂开。钱钟书自言自语：“不对呀，怎么摔不成两半？”杨绛听他这样说，才明白过来，“难不成是你故意摔的呀？”钱钟书点头，“是呀，我想验证一下古书里提到古铜镜一破为二的说法。”杨绛又好气又好笑：“你呀，真是个痴老头！”

摔了一个铜镜，钱钟书还是有点不放心，索性把自己多年收藏的十几面古镜都拿了出来，一个一个摔到地上试验。这边书房里“咣当咣当”不断，那边杨绛安之若素。不是杨绛不知道那些铜镜的价值，只是她熟知钱钟书的秉性，对于那些身外之物，他们从来都不看重。

十几面古镜摔到地上，没有一面被摔破，钱钟书这才放心。通过亲身验证，钱钟书认为铜镜绝非古书中所说的“堕地分二片”那般脆弱，并将自己的实验过程和读书笔记写入《管锥编》中。

1979年，钱钟书撰著的《管锥编》出版，在这本书中，钱钟书不仅澄清了许多学术史上的公案，更在大量文献梳理与互证的基础上，作了大量精辟、独到的评论。

不过，现代的考古学家和专业人士对此有了新的结论，他们认为古代所说铜镜其实为青铜镜，是铜配以锡等其他金属铸造而成，不同时期，配备比例会有所不同。无论是高锡还是低锡铜镜，使用一段时间后，镜面就会氧化暗淡，此时就需要重新磨亮。倘若磨得多了，自然越来越薄，铜镜一分为二并非不可能。因此钱钟书摔镜验典或许有误，眼见未必就为实。

但无论铜镜是否能够“堕地分二片”，钱钟书先生科学严谨的治学精神依然值得我们尊敬和学习。

思考题

你知道钱钟书先生“护猫将军”的称号是因何而来吗？

答　案

钱钟书先生一生爱猫。解放初期，他养了一只猫，钱钟书先生认为此猫有灵性，因而特别珍爱。平日里，猫与猫之间一旦相聚便互相抓打，钱先生便准备了长竹竿一枝，倚在门后，不管是冬天夏季，只要听见自家的猫嚎叫，他就急忙从被窝或房中出来，拿起竹竿去帮自己的爱猫打架。因之而获得个“护猫将军”的称号。

小学五年级语文课本（下册）有一篇课文叫《二泉映月》，《二泉映月》是一首不朽的二胡名曲，是中国民间音乐家华彦钧（阿炳）的代表作。这首乐曲自始至终流露的是一位饱尝人间辛酸和痛苦的盲艺人的思绪情感，深沉中含质朴，感伤中见苍劲，显示了中国二胡艺术的独特魅力，曾获“20世纪华人音乐经典作品奖”。在著名作家赵丽宏的笔下，《二泉映月》这曲瞎子阿炳的千古绝唱是怎样的？阿炳这位民间艺人又是怎样的呢？让我们一起去看看吧！

月光如泪

二胡是一种很奇妙的乐器。它的结构和小提琴差不多。琴筒相当于小提琴的琴身，琴杆相当于小提琴的琴颈；二胡两根弦，小提琴四根弦；琴马，弦轴，形状不同，功能相仿；弓的造型虽异，可用的都是马尾。两者发声的原理，也是一样的。弓弦摩擦出声，再经琴身共鸣，奏出千变万化的曲调。所以有西方人说，二胡是“东方的小提琴”。其实，这话有所偏颇。小提琴据说是由东方弦乐器在西方长期演变而成，到15世纪末才逐渐定型。二胡，最初并不是汉民族的乐器，而是来自西北民族，所以称“胡琴”。然而在西方的小提琴成形之前，中国人早就在拉胡琴了。宋人沈括在《梦溪笔谈》中有“马尾胡琴随汉车”这样的诗句，那时是公元11世纪。所以，我们也可以说，小提琴是“西方的二胡”。这当然是说笑而已。

我以为，用二胡拉悲曲远胜于欢歌。很久以前，我听过瞎子阿炳用二胡拉《二泉映月》的录音，这是世上最动人的音乐之一。单纯的声音，缓慢悠扬的旋律，带着些许沙哑，在冥冥中曲折地流淌。说它是映照着月光的泉水，并不勉强。然而乐曲绝不是简单地描绘自然，这是从一颗孤独寂寞的心灵中流淌出来的声音，是历尽了人间悲苦沧桑后发出的深长叹息，这是用泪水拉出的心曲。听着这样的音乐，我的心灵无法不随之颤抖。后来，我听到小泽征尔指挥庞大的波士顿交响乐团演奏《二泉映月》。阿炳的二胡独奏，变成了许多小提琴的合奏。在交响乐团奏出的丰富的旋律中，我眼前出现的仍是映照着月光的二泉，仍是阿炳孤独的身影。他黑暗的视野中看不到泉水，也看不到月光，然而谁能阻止他向世界敞开一个音乐家的多情胸怀？谁能改变他倾诉苍凉心境的美妙语言？我看到，站在指挥席上的小泽征尔，深深沉醉在《二泉映月》的旋律中，他的眼睛里闪烁着晶莹的泪光……

十多年前，在旧金山一条人迹稀少的街道上，一阵二胡琴声从远处飘来，拉的正是《二泉映月》。在异国他乡，一位流浪的中年中国男人，正低着头，沉浸在自己的琴声里。我远远地看着他，不忍心走到他身边，然而琴声还是一声声扣动了我的心弦。听了无数次《二泉映月》，在旧金山街头，是我听得最伤感的一次。

（选自赵丽宏《月光如泪》，有改动）

思考题

日本指挥家小泽征尔如何评价《二泉映月》？

答 案

日本指挥家小泽征尔在第一次听到《二泉映月》这首乐曲时，流着眼泪告诉别人："像这样的乐曲应该跪下来听。"

小学六年级语文课本（下册）有一篇课文叫《莫泊桑拜师》。莫泊桑是19世纪后半期法国优秀的批判现实主义作家，虽然他只活了43岁，却留下了300多篇中短篇小说与6部长篇小说，对后世产生了极大的影响。莫泊桑的短篇小说构思别具匠心，情节变化多端，描写生动细致，刻画人情世态惟妙惟肖，为他赢得了“世界短篇小说巨匠”的美名。莫泊桑骄人文学成就的取得，与他初学写作时著名作家福楼拜的悉心指导有着密不可分的关系。这些从福楼拜指导莫泊桑写作的几则小故事中，就可见一斑。

名师出高徒

故事一

一天，莫泊桑从邻人那里听来几个故事，觉得很新鲜很生动，于是就打算在这些故事的基础上写小说。但是，莫泊桑的心里有点拿不准，就跑去请教福楼拜。莫泊桑在导师面前把故事讲了一遍后，提出了自己的看法：“这些故事内容丰富，足够写出作品来。”然后期待大师的意见。福楼拜望了望这位虔诚的年轻人说：“我看你还是别写这些故事为好，希望你做一做这样的练习，骑着马出去走一圈，一两个钟头以后回来，再把自己所看到的一切记下来。”莫泊桑听了导师的话，打消了听取别人的故事来写故事的主意，并按照导师的说法骑着马出去跑了一圈，回来写出了自己的所见所闻。他按照这种方法练习了一年之久，终于写出了一篇著名的短篇小说《点心》。

故事二

福楼拜把莫泊桑当作弟子后，经常教导莫泊桑观察要细致，要能发现所描写对象的特点。他说：“当你走过一位坐在他门口的杂货商的面前，一位吸着烟斗的守门人的面前，一个马车站的面前的时候，请你给我画出这杂货商和这守门人的姿态，用形象化的手法描绘他们包藏着道德本性的身体外貌，使得我不会把他们和其他杂货商、其他守门人混同起来，还请你只用一句话就让我知道马车站有一匹和它前前后后 **50** 匹是不一样的马。”

故事三

福楼拜十分强调写作的独创性。莫泊桑初学写作时，常去福楼拜家，拿出一些试作请他指教。福楼拜对莫泊桑说：“如果一个作家有他的独创性，首先就应该表现出来，如果没有，就应该去获得。”如何获得呢？福楼拜说：“对你所要表现的东西，要长时间很注意地去观察它，以便发现别人没有发现过和没有写过的特点。任何事物里，都有未曾被发现的东西，因为人们用眼观看事物的时候，只习惯于回忆起前人对这事物的想法。最细微的事物里也会有一点点未被认识过的东西。让我们去发掘它。为了要描写一堆篝火和平原上的一株树木，我们要面对着这堆火和这株树，一直到我们发现了它们和其他的树其他的火不相同的特点的时候。”

思考题

你知道世界三大短篇小说巨匠是指哪三位作家吗？

答　案

莫泊桑、契诃夫和欧·亨利

敬　告

《课本故事会》收集整理了适合中小学生阅读的经典名篇，它们是孩子们成长道路上不可或缺的精神粮食。在本书编写过程中，得到许多作者的大力支持，在此表示衷心感谢。但是，由于篇目较多，出处无法一一考证；涉及的作品原作者面广，跨度大，无法一一联系上，更无从奉寄稿酬。敬请各位原作者（译者）或著作权人予以谅解，并与我们联系，我们将奉送样书并支付稿酬。

谨致谢忱。

联系电话：025－83283871

联系人：金欣